基夫
詩集

Akiyama
Motoo

Shichosha
現代詩文庫
193

Gendaishi
Bunko

思潮社

現代詩文庫　193　秋山基夫・目次

装幀・芦澤泰偉

詩篇

詩集〈旅のオーオー〉から

たまご

……あのたまごが見えるかね。地平線のうえのひじょうに白いたまごが。背の高いやせた男が右手をあげて示してくれた。ぼくには見えないよ。なにも見えない。男はだまって歩きはじめた。ぼくはついていった。青くひかる空のまんなかにまっ赤な太陽があり、砂漠の砂はとびあがるほどやけていた。男もぼくもはだしだった。

あのたまごが見えるかね。ニワトリのたまごぐらいはあるだろう。ぼくには見えないよ、なにも。男は歩きはじめた。ぼくはついていった。くちびるがひびわれ、のどがひりひり痛んだ。汗はもうとっくにかれていた。

あのたまごが見えるかね。ダチョウのたまごぐらいある。ひじょうに白い。ぼくには見えないよ。男とぼくは進んでいった。太陽はあいかわらず頭のまうえでもえている。どれくらい歩いたか、ふりかえってももう距離は測れなかった。

あのたまごが見えるかね。オオトリのたまごぐらいはある。純白だ。見えないよ。男は歩きはじめた。ぼくはつっ立っていた。男はするどい叫びをあげ、とぶようにして長い腕でぼくをはりたおした。ぼくたちはまた進みはじめた。空は太陽のまわりをぐるぐるまわっている。砂漠は空にむかってせりあがってはすべりおちていく。

見えるかね、あのたまごが。横は地平線の半分はある。高さは……くらべるものがないので、男は両手を上下にひらいてそれを示そうとした。見えない！　男はこぶしでぼくの背中を突いた。ぼくは砂のうえにのめるように両ひざをついた。水をひとしずく飲ませてくれ。ぼくはたのんだ。水はたまごのなかにある。いくらでもある。男はぼくのえりくびをつかんでひきずりあげ、押して進んだ。

見えるだろう、たまごが。横の両はしは地平線のそとにでている。高さは空の3分の1だ。見えないな、なにも。

見えるだろう。おれたちはもうたまごのほかにはなにも見えないところまで近づいている。視野は白いたまごのからで一ぱいだ。ぜんぶが白だ。ぼくには見えないな、なにも。おれたちはもうたまごの巨大なまるみのしたにいるのだ。ぼくには見えないな。なにも見えない。そら、あたまをかがめろ！

ぼくはいってみた。もしたまごが少しでもころがったら、おまえはどうするのだ。男はたかい声で笑った。たまごは動かないのだ。たまごは宇宙よりもずっと大きい。宇宙はたまごのなかにある。見ろ！　すでにおれたちはたまごのなかにいる。青い空がある。ちっぽけな太陽が見えるだろう。さて、あのたまごが見えるかね。地平線のうえのひじょうに小さい白いたまごが……

発生論

日ぐれ、山の方へ歩いていった。
禾本科植物をふみわけ、昆虫がデージーデージー鳴くのを聞いた。

はげちょろけのシュロが3本あり、
苔の石垣にトカゲが入るのを見た。
月の光がかれの巨大な影をそこに残した。
かすかに哺乳類のにおいが漂ってくる。
（わたしたちはどこからきたか。）

針葉樹の斜面をのぼっていく。
イチョウが1本、葉を落とすところから
洪積期の断層だ。100メートルをとびおりる。
ほら穴があり、ロープをひいて
鐘乳石のつららをくぐり、奥へすすむ。
どんづまりに火をたいた跡がある。
すすけた壁に鬼の顔をみとめると、しかし
わたしはいつも出口へひきもどされるのだ。

（わたしはどこからきたか。）
ごわごわのウマの毛皮に縫いぐるまれて、
昼は縫い目から小さい日の丸をふっていた。
梅雨があけ、ふいに夏の光が旗をもぎとった。

わたしもまた夕焼けのない尖兵のひとり、
齧歯類のしっかりした歯だけをもっていた。
飢えが恐怖から尖兵たちを解放したから、
これ以上飢えようのない土饅頭が戦場だ。

腰の竹筒で穀物の汁がぴちゃぴちゃおどる。
声のないうばいあいが空缶をける。けれど
かれらもながくは走れない。やせこけた
すねをだき、1列に並び、にぶい
目つきでこちらを見ている。口をあけ、
陰画の世界に記念されている。背景の
くずれたレンガの塀をのりこえて、かれらの
うちのだれが走った?

お別れだ、なつかしい飢えの時代への。
まるまる24時間あった飢えの時代への
つらいつらいお別れだ。やがて
廻転木馬にまたがり、ピカピカの
孤独の横笛をふいている、松の木のしたで

男の根をふりまわし、小麦畑から
ミルキーウェイにまんまとのった
しあわせな尖兵たちともお別れだ。

恐怖が飢えを解放したから、
これ以上行きようのない突堤で、なお
みたされない胃袋は塩水でいっぱいだ。
とりあえず巻尺で道幅を計り、煙突までの
距離を計り、道路の全面積を計算し、そこに
入りうる人数をはじきだす。疲れたら、時に
バー「始祖鳥」のとまり木にとまり、お尻の
ドアをあけ白いタイルの穴にげろをはく。

休日には動物園にまぎれこむ。
煙草をくわえ、インディアンの知恵に敬服し、
アイヌより北のエキスモーの領土から
連れてこられたシロクマを発見する。
終日コンクリートの氷山をいったりきたり、
年中往復している。そのとなりライオン、ダ

チョウ、カンガルー、カブトガニ、次は
サーベルタイガーの空っぽの檻を発見した。

なまぐさい羊水につかり、3ヶ月、
しっぽをはずし、4ヶ月、ヒレをぬぎ、
6ヶ月、チンパンジーくさい顔つきで
生えそろった手足をひきつけている胎児。
おまえにわたしの飢えと恐怖が遺伝した。
おまえがあらわれるための空がそこにある。
オットセイの鼻さきのマリのうえ、
煙突に突きさされて低くそこにある。

夏・5月から8月へ

5月、
イマージュに血がにじむ。
みどりの並木で
砂の風にひるがえるガーゼの旗。
吊るされた人のように
洋服の列がいく。
前へ！　前へ！
夢の中では眠れない
痛みがビールを飲んで帰ってくる。

6月、
マンホールから
じゅうたんのようにはいだしてくる
どぶねずみの群れ。
くさったキャベツの山。
10年以上死につづけている胎児。
マスクの女がおやすみのキスをして、
いそいで石炭酸を買いにいく。
しまつされない感情は
いつまでも
ショウウインドウを磨いている。

7月、

黒メガネの太陽が
入道雲にあごをのせ、町に
その領有を宣言する。
ビーチパラソルはみんなの願い。
過度のオキシゲンに泡だつ肺。
逃げていく白い足うら。
ミスタ・ノウ！　ミスタ・ノウ！
さあ、おくつをはいて。
魔法瓶の底で生き残るレッスン。

8月、
認識の青空。
きょうは何日ですか？
あなたの時計はいま何時？
ほそい手をのどから肛門までさしこんで
8メートルの腸を裏がえしにひきずりだす。
スイカの種がこびりついている。
そいつを口から
ぶらさげて
股をひらいて熱いアスハルトをあるく。
蛙の目でみているひとたち。

ひとつの月からひとつの月へ、
はじめからまたはじめる。
5月、イマージュに血がにじむ月。
8月、認識の青空の月。
きみの時のサイクルがきれるのは
いつだろう？　そうして
いつだろう？　きみの手が
血液樽の封印をはぐのは。
未来の背に木綿針をうつのは。

旅のオーオー

これをだれに捧げよう。
そうだ、オマンジュウのすきなきみに。

●

ひげのある
銅像のある学校に
ポロシャツ着ていくと、
うまは飼っておりましぇん！
しかめっつらした教頭は、国語で、
そのむかし、戦闘帽にゲートルまいて、
予科練にやるいうておどし、ほんとにやり、
赤シャツは着ていない。
あかがつくのがだいきらい。
朝ぶろ夕ぶろにはいるいうて
教えてくれた生徒・デッカンは
トレシャツに大きな目玉を
赤マジックでかいて、グランドで
はだかにされて、背中にもかいていて、
おれは広い門からでていくいうた。
それから職員室がばかに暑くなり、
人的資源の適正な配布に手をかせ。

古いことわざがくちびるをひやした。
ヨカレンは教頭の責任で、ノーケンは
われわれの責任だった。証券のおののきと
さらに保険のやすらぎで協力し、このつぎは
だれが人間になるのか。責任を問うものは
どんなにせまい門からも入ってくる。

その夜、ギリシャ生れのモモンガー
の夢をみた。白黒のぶちで、
こいつは生きている
のに干した毛皮の形をしている
のはどうしたことか。４ツの辺がある
三角形をえがいてとびながら、
ビンタクラワスのように、世の姿を
証明した。ゆえに、ゆえに、ゆえに、
——おまえは、あくまで、
とがったものをもっているのか。

●

Attention, please.

オカヤーマからトキオまで、
かみさんのいいぐさで、この暑いのに
ごくろうさんの旅にでた。ふたむかし
まえの夜なかには、まちじゅうの
付け火におわれて、1家5人、
洗面器とかやをかついで、ころげおちた
河原には、水着の女の子が
つまさきで歩いていて、それを
鉄橋からちらとみて、わたしは
センチメンタルになった。女の子は
ことしの春にも、ずきんのおばけになって、
うまごやしで、花輪をあんで、
なわとびをしたかどうか。かなしいなあ、
さざ波がせとの海を渡っていくぞえな。オー
オー、センチメートル・ジャーニーだい。
名にし負わばいざ言問わんあほうどり、
わが思うひとは酢にも酔うのか。
つまりは、この旅もたいせつなことは
なにひとつおこらない旅のひとつか。
時のさき取りをする鳥のならいよ。
波を逆さにみるさかなの涙よ。
駅でかったゆで卵は、あみにはいっていて、
からをむくとつるんとしていて、これに
鼻毛を3本うえつけるとするならば、
おろそかなオブジェだな。
のりものでは、なによりも、たえず
口をうごかしているのがわたしの楽しみで、
ひとり旅のときはとくべつ楽しみで、
ひとりぐいのうまさは、しかし
いまはない。
むかし節分の日に、
卵ひとつちゃぶ台に立てて
あそんで、それから兄弟4人で
4分の1ずつくって、こぼれおちた
黄味のひとかけらを、だれがくうかで

つかみあいをして、くちびるをきった。
おかんはくわなかったな。おかげで
おかんは日に日に細くなり、ついに
この世からなくなって、
4人はいまだにある。
あの日の卵がほんとの卵で、
かたゆで卵は、あれは
アメリカの話しだ。そして、いまでは
サンフランシスコでは、いうてセンモン家は
ビートを語った。
みどりの歌があった?
まいにち腹いっぱいくえるいうて
百姓の養子にいった弟は、5年まえには
ビートを作った。
みのりの金はなかった。
ひさしぶりに会い、わたしたちは
おたがいの顔もよくみなかった。1万分に
1語もしゃべれなかった。それから
1年たって、ハガキがきて、

ビキニをニキビいい、それは
いうまでもなく水着のことで、こんどは
シイタケを作っているとか。
さあれ、まるい卵もきりよで三角なら、
いやさ、三角の卵もきりよでまるいなら、
アブダカ・キヨト・ダブラ・ギフ……
わたしは眠ってやったよ。
アフリカ生れのモモンガーの
夢をみた。色つきで、
ちゅうがえりして金属の星にはりついた
のにえらく感動していると、
ステートメントがきこえてきた。知らない
ことばは金パクのように耳の孔をくすぐり、
わたしはいいわけもなく目がさめて、
そとは夕焼けもなく日がくれていた。
赤トンボもかえるも、いまでは
この国にはすくなくなった。つらい
だろうが、百姓の弟のために、
こらえてつかあさい、教科書のPさんよ。

ヌマズで盆おどりのやぐらの
豆ちょうちんのまずしいかざりをみた。
盆はいつきても死人はかえりゃあせん！
きょうは、細くてそのくせ青ぶくれた
おかんが死んだ日で、みなみの海で死んだ
おとんのはけっきょくわかりはしないんだ。
きのうだと思いこんでいて、
おまえ40までわしゃ39まで、
いうのがわたしのお経で
ホージはいまだになんのことかわからない。
わたしのことばは死人にはわからない。
意味論も文体論もたすけにならない。
ことしも8月の空は青い。
——地球は青かったたか？
——この島は青かったか？
昼の石のような赤いシミリは、
夜の穴の黄色いメタファーは、
8月の空でシンボルになったか？
教えてくれえ、落伍者のようにではなく、

落語家として。火事装束きて飛ぶ
ぬれわらの連中め。はっきり落ちたら、
わたしも笑おう。つぎつぎに
ひとけないやぐらの豆ちょうちんの
まずしいかざりをみた。もとサンキュロット
たちよ。わたしたちは、こわれた
机をかこんで、ブリッジをした
ことがあった。オケがカードを落とし、
部屋をでていって、そのひくい声がくらい
廊下を遠ざかり、ぼくらのぼんおどり、
灯が消え星が落ち、ノッペラボーのゆかた
闇にまぎれ、それから13年、わたしはいま
オクの目も鼻も思いだせない。シバさんが
教えてくれたのでは、ちかごろは
かみはまっ白で、どうみても41歳
の31歳。ストが敗れ、第2組合が
第1組合を名のることになってみれば、
3千丈も1万丈いうてよい。わたしの
頭もいまではかつらが欲しい。きっと

悪い時代なんだろうなあ。頭をかかえこみ、
あいつもだめだ、こいつもだめだいうて、
いまさらふれてあるいてなんとしようかい。
そうしようかい。オケの1番の友だち、
あいつはなにもないものを詩でながめ、
こいつはなくしたものを詩でなげき、
ふたりの男の子、ふたごの女の子
の父になった3人目は、なにもかも
すてて動物になった。ろばのおっさん、
チンカラカン、だれそれさんも、
トンカラカン、だれかれさんも、
失語症はドリルでどたまにあなあけろ。
――あなたは、かみで、
とがったものを折っていますか。
1番下の弟は精薄で、これは
年がないのに、3年まえに
18になりくさって、法の示す
ところにしたがって、施設を
だされて、大頭

かたむけて、ドッテンドッテン、
わたしに生涯をくっついた。バンザーイ!
やたらに歌がすきで、
うさぎおいしいあの山がとくにすきで、
おかんがいっしょにあったころには、
はらがへっても歌いつづけて、3人の
はらがたったあにきにじゅんばんにポカリ。
それからカチカチ山で、けれど
化けたのは、ほんとは
おかんの着物で、たしかにあの
肉汁はうまかったなあ。あの
日のわたしなら、虚無でもなんでも
店に吊るしてある牛肉のようにおいしい、
おいしい。
くいものがないくらしは人殺しで、
人殺しのイメジがすぐくいものに結びつく。
わがマスターよ、
パンがオーサカでくいもんやに
はいってなにもくわなかった味について、

詩にかいてほしいなあ。それから
メタフィジック詩いうもんがありまする
とか。タクボクは、メニューにあっても、
あれはほんもののみせかけの料理のことで、
くえないからだみだいうて、かにをくって、
砂浜からでていったかもしれない。けれど
アラビヤへはいかなかったにちがいない。
アタミで、便所へいって、おちついた。
そなえあればうれいなし。
われながらたいへんまじめになった。
Attention！
——きみは、ひとで
のようにいくつにもとがっているか。
トキオ駅のホームで、中の弟に会い、
2時間、手をひかれ、ねぐらにたどりつき、
1時間、空とコップとゴリンピックの
話しをしてやすらかに眠りました。
夜明け、東京生れのモモンガーの夢
をみた。すきとおっていて、
じつはなあんにもみえなかったよ。

●

詩人の会議いうのは
すでに1ケの逆説で、しかしだれひとり
として1ケのユーモアになるのは
むずかしいことだった。
わたしは5分おくれていって、
会議は30分おくれてはじまった。
時がない、時がない！
スモッグをかがされた詩人のように
夕ぐれがわが家にかえるには。
みわたせば花ももみじもこきまぜて、
AからZまでいる詩人たち。けれど
めずらしいのはいなくて、よくよくみれば、
こわいかにとこわばったかにくらいに
KとXはにているのだった。
ワタシはあごひげをもちません。
ジャックはあごひげをもつ。

ＡＢＣがなにかをいったように思われる。
わかるなどということはけいべつし
なくちゃならなくちゃくちゃくちゃくちゃ
ではなくて、かずあるニホン語の
なかでも、これらはとりわけ
わかりにくいにちがいなかった。
にくいね、にくらしいねえ、
そういうこともあるかもしれないけれども、
こういうこともあってもいいとおもうし、
こにくらしい！
ではないか、でもないか、
というのはこうではないか、
というのはああでもあるか。
わかりゃあせんがな。
ＤとＧとがおくれてきて、
ああ、時がありませぬのう、
みずからの悪魔と神にのりとを奏し、
さっぱりわからないことは、
これはたいへんわかって、すずしかった。

Ｅがどなって、
Ｆがどもって、
オペクアル氏などなどは、だまりこくって、
わたしはことばがわからないので、
西洋ガミソリのもちかたを考えながら、
などなどでいて、これもおえんことだった。
詩人のコンテクストはどこにないか。
名もしらぬやしの実よ、
サクラの棒よ、
質屋のおっさん、
やぎぶしをおどるにはまだ時がある。
まこと詩人なら、
きつねのひげとか象のはなについて、
正直なあきらめをいだいて
立ちさるべきではなかった。
手をあげてかぞえて、そうだった、
金の問題はかぞえられる問題で、
時はなくとも会議はおわりうる。
おわりうる会議はおわった。

汗もでんかった。サヨナラ、
何年たったらまたあえるでしょう。
さようならば、Vよ、きみは
10年ののこりの年をなんとかくいつなぎ、
そのときどこでなにをしていることか。
そのときききみの目がみる
三角にとがったものはなんだろう。
銛かオリヅルかはたまたはたか。
して、Uさんよ、あなたの手がにぎる
ふとくてしかもながいものはなんですか。
ながいもはすりばちにくれてやれ。
ははは、わわわわ、わたしは外へでて、
つれにきた弟に手をひかれて、
ドリームランドへつれていかれて、
おもちゃのモモンガーを1000回うち殺して、
破産した。メデタシ。

●

電車はでていく、なにものこらぬ。

トキオからオカヤーマまで、
はなみずたれて帰り旅。
となりにすわったとしよりの
ロマンチストめ、ずだぶくろから
赤い酒をとりだして、よだれたらしてのみ、
長崎にミスタ・ガリババを訪ねるいう。
江戸はとんと住みにくいでのう。
わしの一生はかっぱらいの一生で、
かっぱらっては、あいさつし、
あいさつしては、かっぱらい、
この年までなんとか生きた。ヒヒヒ、
わしは、ほんとは伊賀の忍者よ。
みやげにあさがおのたねひとつぶもって、
修羅のちまたをかけめぐり、
馬がつかれると花くそをくわせてやった。
のみもしらみものざらしもしらうおも、
なにもかにもふところにいれ、
かりも鴨もかねもかしも茶もぜんぶじゃ。
のこっているのは夢だけじゃ。そうかい。

じいさんよ、おまえのいうことは
きにしない。それより、無意味な歌仙を
あうせのなごりに36まこうではないか。
——大仏のおならのような夢をみて
——じじいのとらのはなが染むころ
——ああこりゃ行くも帰るも別れては
——のむものまぬも逢逆の駅

●

ま夏の正午、わたしは
空とぶ1ケのひきだしだ、ひきだし。
風をおこし、がらくたゴトゴト鳴らし、
電線のうえ、ビルの壁、長屋のひさし、
水平にとぶ。
いちじくの木がみえる
やつでの木がみえる。
ざくろがみえる
茶色のたたみ、
ころがる茶碗、
くそのおしめ。
いとしい防弾チョッキよ。
かわいい解毒剤よ。
垂直のなきりボーチョウがみえてきた！

旅人かえる。

（『旅のオーオー』一九六五年思潮社刊）

詩集〈カタログ・現物〉から

ニホン語は乱れているのがそれでいいのだうつくしいのだという題にしておくか

ニホン語ワ乱れているのガそれでいいのだうつくしいの
か
ニホン語ワ乱れているのワそれでいいのだうつくしいの
か
ニホン語ガ乱れているのワそれでいいのだうつくしいの
か
ニホン語ガ乱れているのガそれでいいのだうつくしいの
か
ニホン語よ　おまえワ乱れているのガおまえの姿だ
ニホン語よ　おまいワ乱れているのワおまいのもともと
の姿だ
ニホン語よ　おめえが乱れとるのワおめえのもともとの
　うつくしい姿じゃ
ニホン語よ　あなたガ乱れていらっしゃるのガあなたの
　もともとのうつくしくも悩ましいお姿でございます
ニホン語ワ乱れとるんが
額門のひとが――額門のひとは門に大きな学とかいた額
をぶらさげた建物に芝々お事えしとるから額門の人い
うんぞ
非評論のひとが――否評論のひとはヒヨーヒヨーとコト
バの矢だまを飛ばすのが盗っても美味い矢鱈に括弧い
いコトバの無限軌道の機動怠は喜怒哀楽の大失走だか
らヒヨー栄和のひとゆうんぞ
それから猿奴絵痴系のひとが
それから死ン劇のひとが
それから代中小死ン文のひとが
それから体制の飼われ犬のひとが
それから権力の廻され猿のひとが
それからとにかくエライさんのひとが
ケシカラン！
ケシカラン！ウン何がケシカランかゆうたら
ニホン語が乱れとるんがケシカラン！ゆうたらケシカラ

ン！ゆうて
窃教する威検する恵盲するお鹿りなされる
それから門外漢のひとが――門外漢のひとは額門のひと
の門の外でなんかうろうろする漢字なんかあんまり書
けないから門外漢字だめなやつを略して額門のひとが
そう呼ぶひとまでが
民衆の埃と地理を洗い流してきれいになったつもりで権
威にひざまづきひまなんだかなんだか憂国の志にとん
がって国誤愛に燃え狂う民意とやらの反映を代中小死
ン文にコーフンして投書して
ケシカラン！
ケシカラン！ウン何がケシカランかゆうたら
ニホン語が乱れとるんがケシカラン！ゆうたらケシカラ
ン！ゆうんぞ
しかしわたしは
ニホン語は乱れとるんが悩ましくもふるいつきたい
そしてユズルさんは
彼の詩はランガーは芸術家はいつも暗号のあたらしい書
きかえ方法をさがしているのは芸術家だとランガーは
言ったと彼の詩は言ったとわたしは言うのは少しくら
い正確に言ってないことは彼のデリケートなこころを
逆なでしないことを願うのはこのようにも言えること
はニホン語は乱れとるから悩ましくもふるいつきたい
しかし貝原女子大学の額門のひとは
わたしが中原ナカ也ゆうた瞬間
ナカ也ではありません！チュー也ですッ！
ああわたしはわたしはその時わたしはどうしませふ
そうだわたしは中原ナカ也ゆうのがアリタレーションを
楽しんでいるので民衆はT・S・エリオットとともに
楽しむのが民衆で「中原中也」ゆう漢字みて中原チュ
ー也とよむんは民衆でないのみならず詩人でさえない
アンタはアンタッチャブルエリオットレスですね
さらにわたしはあえてたずねる
「藤原定家」ゆう漢字はサダイエかテイカかゆうてみい
サダイエか?じゃテイカと音よみしたら敬意を表するこ
とになるんでしたか
伊藤整はチャタレー災蛮で人低刃悶で被告人は誰かと木
枯れてセイでもヒトシでもええゆうたんぞ

さらにまたわたしは言いつのるぞ
谷岡ヤスジ氏は「しまいにゃ血みるどワンラ!!」ゆう本の中で「アサー　ン?おっおっおっおっおっ　ハフハフハフハフ　ガブガブガブおっ　おっ　おっ」のとこでなく「オラオラオラ」のとこでなく「じゃる気あんのかワンラ!」ゆう本の中でもとい「鼻血ブーだもんネ」ゆう本の中でもとい「この世は滅茶苦茶だァ」ゆう本の中でもといやっぱ「しまいにゃ血みるどワンラ!!」ゆう本の中でもといどれだったか忘れようとして思い出せない本の中で川旗康成先生にノーベルショーのもらいかたを習いたいと掻いていてもとい掻いていたかどうかはっきりしないがこの川旗ゆう旗はどんなふうにひるがえるんかヒョックラ元ケイシソーカンのセンキョの車でひるがえるんかオモシレー思うたんぞ
さらにまたわたしは
深沢七郎じいさんは恋に破れた北面の武士だった西行法師をニシユキさんと呼んでいてかならずやニシユキこそ花のもとに春死にたかった詩人にふさわしかったぞ
さらにまたわたしは

「正しい日本語」ゆう本が売りに出されとるがあんなん見るたびにオロオロするなあ一体何が欠いてあるんかよくまあはずかしくなく自分の欠くものを「正しい」なんかいえるんじゃさぞ「正しい日本語」でしょうよおめえらのニホン語はオカヤマ弁ではこうゆうんを「へのる」ゆうんじゃ
おどりゃあ　屁乗るな!
額門のひとだけがヒョーロンのひとだけがなんかそんなんだけが屁乗っとるかゆうたら詩人のひとにも屁乗ったのがいて
せえつらあ詩を見たらうれしそうにたれるんじゃ
字がまちごうてアル
あて字がつこうてイル
ベットではなくベッドでごじゃる
オフランスではベットで候ネ
屁乗るな　おどれはニホン語のはなしゅうせえ
おかやまのおばあちゃんはパスに乗ってデバートにもアパートにもゆくんじゃ
わたしのがきどもはコチョレートばあくうてちっともめ

しゅうくわんがな
おまいはずるむけ頭のヘッドライトで何を監視するつもりなら?
詩人検察官閣下　閣下におかせられては秩序のねどこで安らかに眠りんちゃい
ニホン語よおまえの乱れこそおまえの姿だ
ニホン語よおまえの乱れこそおまえのもともとの姿だ
ニホン語よおまえの乱れこそおまえのもともとのうつくしい姿だ
ニホン語よおまえの乱れこそおまえのもともとのうつくしくも悩ましい姿だ
ニホン語よニホン語よニホン語よニホン語よ
あなたは乱れとってええんじゃ
ダマレッ!ニホン語ではない!ニッポン語といえいッ!
佐藤ソーリもニッポンと申しておる
そうか佐藤ソーリも申しておるとあんたは申すんか
するとあんたは　エンペツなんかは
イッポン
ニポン
サンポン
シポンとかぞえるんか
ニホン人ゆうんはハシでごはんをいただくからニホン人ゆうんぞ
どうかそんなにニッポンニッポンニッポンつばきをとばさないでください
あんたのようなやつこそイッパツヤルカゆう標準語を全世界にひろめたひとにちがいあるまい
もうけしてそんなに力みかえって民意を統制し国威を発情すべくニッポンニッポンニッポンつばきをとばさないべきだ
だまれえッ!とばさないべきとはなんという乱れたことを!とばすべきでないとどうして正しくいわんのかとばさないべきなどというべきでないべきアレッ!?
断定を避けて連用形でずらずら連らなることこそニホン人の否定すべき発想らしいがの「が」はあいまいであるらしいがあいまいはなりませぬと清水幾太郎先生は「論文の書き方」ゆうご本の中できつくいましめていらっしゃるが「思想の科学」ゆう本があるがあれは

「思想についての科学」か「思想である科学」か「思想という科学」か「思想みたいな科学」かなんでもいいがあいまいだがきわめて詩的だがわたしは連用形と「が」との混乱と非論理とによって実に堂々1万3千字からなるワンセンテンスを作ったが絶えなんとしてめんめんとつづく紫式部の伝統にこそ連らなろうとしたんよ

かわいそうなハンス　細い首の上に小さい頭が上品そうにのっていて　いっしょうけんめい生きつづけて車輪の下におしつぶされて死んだハンス・ギーベンラート
かわいそーなモトオ　細い首の上に小さい頭が上品そうにのっていて彼はいったいどんな先生に教えられたからこんな乱れたニホン語をしゃべれるようになったのかいや彼はいったいどんなに国語の授業を裏切ったからこんなにうつくしくも悩ましいニホン語がしゃべれるようになったのか
ほんとににくにくしいモトオ君　いまでは太く短い首の上にねむそうな半ハゲの頭をのせとるメデタシメデタシ

*1　一九七一年六月十九日「キャッツアイ」（京都）で朗読。以来朗読するにつれテキストは変更、今この形となっている。
*2　谷岡ヤスジ、赤塚不二夫、片桐ユズルの諸氏に特に多くの恩恵を受けている。感謝。また反面教師の方々にもひとかたならぬ御教示を頂いた。あまりにも多く、いちいち記すことができない。心から感謝。
*3　この詩の一部に見られる「正しくない」表記は、目のための誤楽であるにすぎない。念のため。

プロパガンダの詩のためのプロパガンダの詩

ひとはマボロシなしに生きられるか
セツナくんは　子供が生れたら
それはかならず男の子であるべきで
ケッコンして8年たって
ついにその時が刻々ちかづき
グラブとミットを買ってきて
生れたのは女の子で　2年たってまた

生れたのは女の子で　こうしてついに
息子と野球したい彼のマボロシは壊滅した
ムジョウくんの奥さんはシュートシュートメコジュート
　のいる古い古い大黒柱のある家からとにかく出たいマ
ボロシがプレハブ70平方メートルの空間になったとき
3人の子供は羽仁一家風に育てたいマボロシにとりつか
れホンモノになるためには聖書から読まねばならずつ
いに冬の海に牧師と向きあってつかり冷たい塩水を頭
にこぼしてもらったときスリップだけだった
もはや自分のマボロシからはみだしてしまった奥さんの
　ことを話すムジョウくんの当惑した顔を眺めながら
なんといってもキリスト教には敵意がある
キリスト教文明ほど地球上を地獄にしているものはない
だからムジョウくん　きみは今こそ奥さんに白い神かオ
　レかの選択を迫り場合によっては離婚にまでもってい
　くべきだ
とコーフンして忠告したので
あれから1年手紙の返事もこない

共和国のことをしゃべりましょう
ユートピアから吹く風は何色でしょう
ちょっぴり塩からく
ちょっぴりあごひげの匂いがあって
あごひげの匂いの中には若い船乗りだった父の匂いがあ
　って
青空がまわるほど腕一杯に高く4才のわたしをさしあげ
　たときの父の匂いがあって
去年の冬クリスマスツリーがぴかぴかする病院で老いて
　まがって死んだ父のマボロシはどこへいったか
わたしたちは今もなお人の死なせ方を知らない時代に生
　きている
風よ吹け
はいつくばる者いじましい者こころなき者に吹け
わたしに吹け
わたしの乾いた目に吹け
ことばの共和国に生きるすべての者をうすみどりにそめ
　て吹け
しかしあいつらは

あれらしがない詩人たちはしかめっ面したではないか
わたしが詩の雑誌「共和国」を出したとき
キョーワコクだって!?
こいつはアカだ!
どーせプロパガンダの詩をかいて
とかなんとかメダカのようにひたいを集めてひそひそ語
り合いしばらくはうしろめたさであざ笑ってみせた
花園を荒らすのは誰だ! アキヤマだあ!
なぜこのように政治的に反応するか
元海兵隊の勇士ちびのオーディ・マーフィーは2挺拳銃
ひきぬいて
この西部劇はイーグルマークの共和国が製作したと英語
でかいてあって
まさかアメリカのアカがニホンのスクリーンでプロパガ
ンダしていると思わないなら
そんなに共和国をこわがることはないではないかゲーリ
ツ詩人のみなさん!
ハイ するとおまえのトレードマークはハトですかタカ
ですか

とまたまたわるがしこいバカはたずねるのでした
あえて答えればカラスじゃが
しかしこういうことは全ニッポン的規模でひろがってい
る詩人の高級ゲーリツ専門病として詩人に顕在する体
制ヨーゴ思考のハメコマレのタワゴトであって毎日の
いそがしさわずらわしさにとりまぎれていて雨が降っ
て久しぶりにふと気がつくと樹木のみどりが目にしみ
たりなんかしちゃってすがすがしいひとときなんてほ
ざくひとときき詩人は陰険でなく穏健であるとみなさん
みんなが認めていることを疑うやつは生かしちゃおか
んとドーカツされてなんとしょう
鼻のさきにメシをおくとツバがでるだろう
鼻のさきにメシをおき同時にアカ色を見せるとツバがで
るだろう
鼻のさきにメシをおかずにおかずもおかずにアカ色を見
せるとツバがでるだろう
それからウメボシを思うとツバがでる
それからウメボシは日の丸べんとうと結びつくが赤色の
旗とむすびつかないのはなぜか

（日の丸べんとうについての解説：ニュームのべんとう箱に白いゴハンが入っていてまん中にウメボシが入れてあって、あたかも日の丸の旗のごとくであったところからこの名前ができ、シツジツゴーケン、キンケンチョチク、テンシサマヘノセキセイをシンボルし、ニュームのべんとう箱はウメボシの酸でふしょくするからウメボシの上にもゴハンをかぶせてウメボシがじかにニュームのふたにふれないようにしなければならない。１９６９年７月５日の朝日新聞は「大学紛争、デモ警備と、多忙な大阪府警機動隊の弁当に、六・二三御堂筋デモ以来、梅干しがついた。「やっとはいったか」と、隊員たちの評判は上々。（中略）。たかが梅干し一つで士気に影響したり、若い隊員の欲求不満のもとになってはーーと、府警幹部が弁当屋に相談して〝日の丸〟が実現した。」と報告している。解説おわります。）
それから共和国は　なぜアカと結びついているか
それからプロパガンダは　なぜアカと結びついているか
それからそのように実はプロパガンダされたプロセスを
　なぜあれらせつないゲーリッツ詩人はわからないか

ああいつらはパブロフの犬のようにキョトンとした目
　をして政治的ヨダレをたらしている！

１９５５年荏原肆夫は　プロパガンダの世紀を詩がどのように生きぬいていくかということは今日の多くの詩人が当面している問題である
いっぽうロバート・ソードは　「タイム」「ニューヨーカー」「マコール」「ライフ」その他に献辞を捧げて　これらの忍耐づよいくりかえしと力づけがなかったらこの詩集「広告」は完成することがなかったであろう
ということをニホンでひろめた片桐ユズルは　勤評についてかけなかったことは／詩学の敗北であった
と書き現代詩の常識に大小の穴をあけ
小さい方の穴から小さいものがでてきた
わたしがインテレラジカル詩人として走りでてきた
（インテレラジカル詩人についての解説：１９６０年６月17日にＮＨＫＴＶは内田栄一作「悪い奴」を放映するはずを中止したことが15日の新聞にでていて、アイゼンハワーの来日や社会情勢への配慮があったと推定していた。このドラマの主役が「インテレ」という男で、「鳩の会」のテロリストらがダイナマイトで爆死したのちも、ひとり生き残りウロウロする。したがってインテレラジカル詩人というのは、オモチャの爆ちくをかかえてテテテキにうろうろする詩人のことです。）
わたしはもううろうろとここへくる途中でもうろうろと
　考えたのです
そうなんだよ詩は文学なんだ芸術なんだたいしたものな
　んだ
だのにことさらそうなんだそのとおりなんだと思ってい
　るやつがいてうろうろさせられるなあ
でも思いだすんだなあ
清少納言さま　あなたは小さいものはかわいいいとおっ
　しゃっておりました
たとへばシャリのツボ
米のことをシャリといえどもツボはくえない
啄木の食うべき詩とはセンベイに書いた詩のことだろう
　か
たとえばアヒルのタマゴ

しかしこれは小さすぎる
せめてシンドバッドのオオトリのタマゴの目玉焼きをく
　おうじゃないか
大きいものは美しきかなと武者小路というピーマンやニ
　ンジンやタマネギの色紙をかく人は書いていなかった
長い長い詩はもうやけくそだ人道的でないとわたしは言
　ったことはない
プロパガンダの世紀を生きぬくためにではなく
もともと詩はプロパガンダだ！
ジョン・ミルトンはかれのピューリタニズムのために書
　かなかったか
イェイツはかれのアイルランドのために書かなかったか
T・S・エリオットはかれのアングロなんとかのために
　書かなかったか
バイロンはどうか
シェリーはどうか
これらが正しいことは斉藤勇著「英文学概説」を580
　円で買ってきて読んで云っているのだから信じて欲し

い　ここにいる専門家が否定しても無視する黙殺する
　プロフェッサーする
プロパガンダの教則本第一章のテーマは舌の先の真実を
　尊重することだ第二章のテーマは重箱のすみの事実を
　見ないことだ
柿本人麻呂はかれのヤスミシシオオキミのためにうたわ
　なかったたか
小熊秀雄はかれの無産階級のためにしゃべりまくらなか
　ったたか
ハインリッヒ・ハイネの場合はどうだったたか
ルイ・アラゴンはかれの祖国フランス以外の何のために
　「リラとバラ」をうたったたか
ウラジミール・マヤコフスキーは１９２０年三千のプラ
　カードをつくり「レーニン」を朗読してまわりそして
　それが政治的パンフレットとして低くみられることを
　心配しなかったたか
ダンテはかれの神学がほんとうだということを証明する
　ためにかれの憎むべきこの世の敵を地獄へおとしたの
　ではなかったたか

どーだこれを信じないおまえはこのようにはだかにされ
　虫にさされ血を流しそしてまたこのように木にされそ
　の枝を折りとると血とことばが一緒にでてきて泣くの
　だわかったたか！
和泉式部はゆめよりもはかない男と女の世をつれづれと
　眺めるうちに男から男のこころがプロパガンダされて
　きた――うち出でてもありにしものをなかなかにくる
　しきまでも嘆くけふかな
これを訳しますと　云うてしもたらおわりどす　かえっ
　てあてはつろおます
彼女はさっそく彼女のこころをプロパガンダした――け
　ふのまの心にかへておもいやれながめつつのみすぐす
　心を
これを訳しますと　あんさんのつらさがあてのつらさど
　すえ
文部省は何をしておるか
第二次世界大戦の敗戦直後の餓死と栄養失調の時代の教
　科書で宮沢賢治の雨ニモ負ケズの玄米を１合盗み山本
　遺太郎はすぐにニホン一神聖な米を盗んだと書いた

文部省のことは放っておけしかし詩人たちよ
あらゆる詩論はその第一章にこの犯罪を書くべきだ
詩が芸術であることはわかっておる
焼物が芸術であることはわかっておる
底に穴のあいた茶碗で茶は飲めんこともわかっておる
だからラブソングもらってもゲーリッツを見せられてしま
　うのだ
わたしのむかしの好きな人はこの詩はここのとこのイメ
　ージがどうだこうだとニュークリティシズムゴッコし
　てわたしのこころはよめんかった
のでわたしは詩をすて非暴力直接行動に訴え深く詩人と
　しての自分に絶望した
芭蕉にならってわたしの詩は夏のストーブ冬のセンプー
　キものの役にはたたんわい
と今さらプロパガンダしてもここはキョート六角「明窓」
（オカヤマ「サンアントニオ」etc,）むかしの中国じゃ
　ない
怒れる7人の若者が琴をもち酒をもち竹林に入っていっ
　たのをまねることはできない

帰りなんいざ！　田んぼが荒れてしまよーるが　なんぞ
　帰らざる！
と云われてもわたしたちは流れ流れてトーキョーとかベ
　ルト地帯とかをさらにどっかへ流れ流れておるんじゃ
　ないのか
マリリン・モンローのまぼろしにうっとりしながら帰ら
　ざる小川のこちら側に帰らざる田園を作るべきだ
ということこそプロパガンダするべきだ
ということを実行するいま陶潜もわたしたちを勇気づけ
　たことになる
わたしたちもまたゆうぜんとしておなかを突きだして歩
　き桃の花のそばで夕空を眺め鳥のとぶのを眺め自分が
　解放されていることを楽しむことができるときあんた
　一杯やっか？

詩の自立だと？
ばかたれな！
詩が床の間のツボのように自立したことがあったか
詩をもって朗読会にいけえ

ふるえる手でページをひらき足をふるわして自分の詩をよめ
あんたの詩がいかにあんたにおんぶされているかわかれ
あんたの詩があんたのひとりごとであろうともそれはあんたに背負われて家に帰るほかはなかろう
にもかかわらず困ったことにことばは伝えてしまう
伝えることであんたを裏切り
裏切られることであんたは詩の自立のほんとうの意味がわかる
詩は虹のような橋しかし虹ではない

ローレンス・ファーリンゲティのばたやがわめいている
——いっしょに行こうよ人は自由のマニスフリーの島へ！
しかしベトナムがどこかわかった今ユートピア行きの連絡船はでないこともわかった今
アレン・ギンズバーグがリパブリカンの橋の上でわれわれのすべてのことばは戦争の重荷を負うと叫ぶとき
ニホン中のビートのすきな詩人はビートからの借りをどうかえしているか
誰が詩の朗読をゲーリッツ的にやっているか
誰が研究に熱中しすぎているか
誰が旅に出て日常に旅をもちこんでへばったか
誰がライフ・スタイルをかえ誰が詩のスタイルだけをかえたか
わたしは若死にするには年をとりすぎた
地獄の大鍋の中には逃げ道はない
煮えてこげつき黒い灰にならないためには大鍋の底に穴をあけるほかはない
１２００年前から告げつづけている杜甫の声がきこえる
——新しい死者は恨みもだえ昔の死者は泣きわめき空は暗く雨はびじょびじょ降ってくる
１２００年前から告げつづけている防人の声がきこえる
——あのあほんだらが病気のわしを戦争どれいにしゃあがって！
１２００年前から告げつづけている防人のカーチャンの声がきこえる——狩りだされるのは誰のトーチャンだろうという人たちがうらやましい

そうさひとごとだから何ともないのだ
ベトナムでどれだけ殺されようと
ヒロシマとナガサキで今も殺されつづけようと
ここは平和だ
街頭はやかましくつねに血の匂いがする
ここは平和だ
この家の窓の中は平和だ
平和な朗読会のあつまりだ
世界の空は悲鳴と恐怖の叫びで一杯だ
わたしはラブソングひとつまともにかけずもうテテテキ
　にうろうろするばかりだ
わたしはオモチャの爆ちくをみなさんに投げるだけだ
詩人とは思いのたけをクチナシの枝に結びつけ好きな人
　のところへ持っていく人であるべきだ
詩人とはひとつの怒りだ
だから誰が信じなくても詩はプロパガンダだ
だから誰が軽蔑しなくても詩はプロパガンダだ
だから誰が淋しいといいおうと志が低いといいおうと詩はプ
　ロパガンダだ

この時代の死者たちはその数の100倍のプロパガンダの詩
　を求めている
彼らのかわりにわたしたちが100倍生きることができるた
　めに
ことばの共和国ではそれができる
ここにいる人以外のいったい誰がこの共和国をもっとも
　美しいマボロシだと信じることができますか
かくてわたしたちはいまやブレヒトと共にこう云おうじ
　ゃないか
彼は提案した　わたしたちは受けいれたと
かくてわたしたちみんなは讃えられるであろう

ちょっとそこまで

なああんたさん　どけェゆきんさるんなら
アアおばーさん
ちょっとそこまで　ちょっと用たしに

やあキミではないか　どちらへ
アアキミか
ちょっとそこまで　ちょっと京都まで

アキヤマァ　どけーいくんなら
アア活字だけ詩人さん
ちょっとそこまで　ちょっと詩をよみに

アータッ　どこへゆくの
アアカーチャン
ちょっとそこまで　ちょっとお金使いに

とーちゃん　どけーゆくん?
アアボクか
ちょっとそこまで　ちょっとあそびに

手紙　1

1974年3月13日、京都「ほんやら洞」で「オーラル派宣言」刊行記念朗読会があった。

梅はしぇえたか桜あまだけえの
東本願寺知恩院平安神宮御所
おおけな建物がいっぺえことあるんですらあ
わしらみてえな田舎の人がきたら
おどかそーゆうコンタンじゃとみなせえ
銀閣寺とか金かくしとか桂離宮とか
大小いろいろ取りそろえてあるんですらあ
自然をおもちゃみてえに囲いこんで
もっともらしい細工なんかしゃーがって
茶なんか飲みゃーがって
なんとか弁当何百種類
オヒナのままごとの赤白緑のお菓子
勅撰集湯豆腐日髪日化粧の女
もう都はどこもかしこも見せ物と伝統文化
デスカ婆さんむすめさん
ぞろぞろ旗もっておみやげかって
梅はしぇえたか桜あまだけえの

朝顔やわしもめしくう男かな
へえオカヤマまで新幹線ついてますのか　へえー
タクシーの運転手の人はコトバまで親切をきわめとるん
　ですらー
夜
「ほんやら洞」のべんじょは押しよせた人の行列で
順番待っとったら出てしまうがな
雨ん中うろちいとったら
ここもやっぱし暗ろーてつめとおて
露路はびっしり家の玄関が並んどって立小便するとこも
　なかったんですらあ
タタクさんのラーゲル
ケンジョーさんのアサジガハラ
よい人間関係とは何か
イレルさんと2日間話したんは
べつの話でもよかったんですらあ
マジメさん　わしら中年はどーやって年をとればえーん
　かのお
この世にゃー貸しがある思うとったが借りの方が多ええ
　とみなせえ
それからリュジロさん
わしの詩もほんとはアフリカの狩猟民の「電話」じゃっ
　たらええのに
キコリ展では題名の下に現代詩もついていて
京都タワーは350円
望遠鏡で霞の下に
今度も会えなかった人をさがしたんですらあ

うさぎ

雪が降った
わたしは子供を呼んで
うすく積んだ雪を集めて
うさぎをつくってやった
ナンテンの実と葉っぱをちぎってこさせ
目玉と耳をつけ
子供の両手にのせてやった

子供は台所へ走っていった

30年前にも雪が降った
そのときも　わたしは
うさぎをつくった
おぼんにのせて父に見せた
机の上に置いてねて
翌朝
おぼんの上には赤い木の実と葉っぱがあった

それから父が死に
それからわたしは父になり
いま子供が走り去った
雪の上に立っている
この30年間はうさぎをつくるのに失われた雪のようだった――

かえる

おじんは裏庭のえんだで
キセルでタバコお吸よおた
プカプカ吸うてポンとキセルうたたき
タバコダマあとばしょおた
庭の雨あがりの青苔のうえにゃあ
雨がえるがいっぺえことおった
そん中の一匹が
とんできょーった自分の顔ぐれえの
タバコダマあパクとのみこみ
ヨタヨタありいてひっくりかえりょーた
おじんはタバコおつめかえ
プカプカ吸うてポンとキセルうたたき
タバコダマあとばいた
べつの雨がえるがパクとのみこみ
ヨタヨタありいてひっくりかえりょーた
おじんはタバコおつめかえ
プカプカ吸うてポンとキセルうたたき

タバコダマあとばいた
またべつの雨がえるがパクとのみこみ
ヨタヨタありいてひっくりかえりょーた
おじんはタバコおつめかえ
プカプカ吸うてポンとキセルうたたき
タバコダマあとばいた
またまたべつの雨がえるがパクとのみこみ
ヨタヨタありいてひっくりかえりょーた
そこらじゅうにひっくりかえるがぎょーさんことでけて
日が暮れて
なーんも見えんよーなった
おじんはタバコぼんもって
座敷へへえった

坂道で

坂道で
母親は手をはなし
（そのとき彼女にどんなわけがあったのか）
乳母車はころがりだした
踏み切りにとびこみ
そのとき電車がやってきた
わたしが聞いた話はこれっきり
赤ん坊がどうなったか
とたずねないでほしい
わたしは赤ん坊がどうなったか考えたことがない
考えたのは母親のことばかりだ
乳母車がころがりだしたとき
母親は追った
神戸のきつい坂道を
乳母車はどんどん加速し
母親はかなきり声をあげ
そして彼女の目いっぱいに電車が見え
もう乳母車はなかった
そのとき彼女に
どんなわけがあったのか
わたしは考えたことがない

考えたのは彼女の手が乳母車のとってを離れたことだけだ
彼女を責めても
彼女をあわれんでも
彼女の手と乳母車までの距離が残る
いまも乳母車はころがりつづけ
いまも母親は叫びつづけ
いまも電車は近づきつづけ
わたしの話はこれでおしまい

（『カタログ・現物』一九七八年かわら版）

詩集〈古風な恋唄〉から

うちょうてん

電話のむこうで
あなたの声が
シャワーのように　とびちり
きらめいて
わたしはコトバを失い
もうなにがなんだかわからない
あなたのわらい声のシャワーをあびて
キラキラ光るしずくをはねちらし
夏の表通りをつっぱしり
電車にとびのり
電車の中を風のように吹きぬけて
風のゆくえは
誰にもおしえてあげません

お芝居

顔を白くぬったあなたは
いっそ死にたいとしどけなくしがみつき
顔を青くぬったわたしは
しばらくはしかるべき仕草で応えるだけだ
どうせ芝居はもうすぐおわる
多少そこらもざわつくだろうけど
何事とてもなく二人を残して静かになるだろう
そしたらなんのえんりょもいるものか
手に手をとって
夜ふけの道を急いでいこう
いくつもの橋をわたり
素足を砂にもつれさせ
海のくらい音の奥に入っていこう
いまさらこれ以上ここで何ができよう
さあ帯を締めて
日傘をもって
あすになったら
レンゲ畑でくるくるまわせ
あなたの涙はじゅうぶん流れた
わたしの眼はかわいてしまった
大詰はもうすぐだ
幕がおりたら
幕のすきまから二つの首をつきだして
アカンベーして
それから二人
手に手をとって
夜ふけの道をもつれあい
いくつもの橋をわたり
つめたい水に入っていこう

夜ごとの呪文

別れはもう決ってしまったのに
まだ会いにいく体の力が残っているということは
にもかかわらず

じっと坐って目を閉じているほかないということは
とりまぎれる昼間が今日もおわるということは
まぎれようもない夜が今日もくるということは
友だちがやけにやさしくうるさいくらい親切だというこ
　とは
酒を飲みくらっても
大声でわめきちらしても
かれはてた涙を流すふりをしてみても
だましようもなく
どうしようもない自分にしか出会えないということは
悔しくても腹が立ってもただ悔しくて腹が立つだけだと
　いうことは
どこか知らない秋風の町をほっつき歩く自分ぐらいしか
　思い浮べられないということは
にもかかわらず
三度三度ごりっぱにごはんをたべるということは
前途を悲観するということは
生きる望みを失うということは
そんなことは物語や新聞紙の外でもおこることがわかっ
　たということは
朝がくると歯をみがき顔を洗い服を着て靴をはくという
　ことは
満員電車で体操をするということは
身のまわりを整理するということは
それとなく友だちに電話をかけたりかけなかったりする
　ということは
お風呂にはいったりするということは
ただ息をしているだけだということは
二、三行のことばを書いたりやぶったりするということ
　は
じゅつなくすべなく
ただころがって目を閉じて今夜もすぎるということだ

それだけのこと

今夜は

星が高くて

空気がうすくて
ひどく寒くて
プラタナスの落葉を踏む音がして
ふりむくと
あなたがそこに立っていた
なにひとつ話すことはなく
話さねばならぬこともなく
別々の三年がすぎてしまい
いまでは三年がすぎたことさえいぶかしい
しばらくいっしょに歩いて
かつての日のように
別れ道で
じゃあといって別れる
それだけのことなんですね
ときめきもなくたかぶりもなく
失われることも惜しくない短い時間がすぎて
じゃあといって
別れた

(『古風な恋唄』一九八〇年かわら版)

詩集〈窓〉全篇

窓 I

部屋のおくに
坐りこんで
一日中
窓のむこうの
四角い空をながめている
崖の下の砂浜から
波の音があがってくる
黒い煙が流れて
ゴムの焦げるにおいが鼻をつく
かげろうがちらちらする
部屋の空気が熱くふくらんで
汗ばんだ女が出たり入ったりする
きのうは　虹を見た
たぶん　いい日だったんだ

いい日だった　と思う
白く光る道を歩いて
坂をのぼって
岩のトンネルをぬけた
しずくが落ちていて
靴がぬれた
それから
木の間から
海が見えた
やかましい音をたてて
模型飛行機がとんでいた
蟬の抜け殻がおちていた
紙袋を提げた女とすれちがった

蠅がしつこくまといつく
きのうは　つめたいビールをのんで
いまは水がいい
なまぬるいやつをゆっくりのみたい

やってしまおうか
夜がこないうちに

テーブルの上に
からのコップがある
カーテンがたれている
窓の外に
夜があった

窓 II

雲の多い日で
陽がかげると
部屋がすぐ　冷える
脚に毛布をまいて
壁にもたれて
床を見ていた
牛乳のパックがころがっている

ストローの先から
しずくがゆっくり
床におちて散る
どうしたのだろう
陽がさして
またすぐかげり
冷えが全身にくる
目をあげると
窓のむこうに
粉雪が吹きあげている
さいげんなく吹き乱れる雪を
見つめていると
窓の四角だけが
へんに明るくなって
また気がつくと
光がさしていて
遠くに
青空が見えた
そうだ　きのうは

赤い雲を見た

きのうは
早く起きて
だらだら坂をおりていった
林のあいだから
盆地の底に
街が見えた
朝焼けの空に雲がかがやき
ビルの白い壁が赤く反射していた

夕方
坂をのぼってかえってきた
道端で車を洗っている男がいた
ビニールのホースから水がそのままのびだしていき
ボンネットにひろがって流れた
靴の底がぬれた
子供が自転車にのって
ハンドルをぐらぐらさせて

おりてきた
夜は　灯もつけずに
からだをまげてねた

きょうも
また夜がくる
何か食べなくては
毛布の中でこごえた足の指をうごかしてみる

窓 Ⅲ

窓から風が入ってくる
風の中に
光のつぶつぶの流れがあって
すばやく流れたり
よじれて消えてしまったり
また見えたりする
ずうっと見ていた

壁にもたれて
目をあけて
どうでもいいことだろう
光の流れがひらひらして
それはときどき
たしかに見えた
けれど見ていた
のではない
風が入ってきて
いい気持だった

きのうは一日中
雨の中をうごきまわって
疲れて　夕方
雨があがって
晩めしを食って
酒をのんだ　ほんの少し
それから長い坂をのぼってきた
頂きの闇に

大きな黒い木がそびえ
はりだしている枝の下に
女が立っていた
乳母車にこどもを入れて
こちらを見ていた
近づくと
顔をそむけた

服もからだもしめって
ぬれた靴下が
床にぴたぴたくっついた
部屋の空気が
つめたくて
ねむれなかった

窓から風が入ってくる
何をしているのか
どうでもいいことだろう
そのうち風がおちて

光が入らなくなり
空がくらくなって
夜がくる
まえに
何かすることがあるだろうか

窓 Ⅳ

壁にもたれて坐りこんでいる
窓の
くもりガラスの外は
雨が降っている
何も
見ていない
雨粒が地上に衝突する音を聞いている
雨粒のひとつぶひとつぶが砕けちる音を聞いている
破壊の平面が遠くへひろがっていく
一日は一秒に砕け

一秒は無数の一秒にひとしくなる
傘をさして
たぶん女が通りすぎていく

きのうも雨が降っていた
雨水の流れおちる石段をのぼってきた
片側の石垣に
あじさいの花がかたまっていて
もう一方は崖で
錆びた鉄の手すりが傾いていた
靴の裏で　砂のつぶれる音が
じゃりじゃり鳴った
誰もおりてこなかった

部屋に入って
シャワーをあびて
酒をのんで
もう何もない
からのコップをテーブルにおいて

ねた　ねむりの中で
夜どおしシャワーの音が聞こえ
壁に上衣とズボンがたれていた

雨のひとつぶひとつぶが地上に衝突し
細胞のひとつぶひとつぶが消えていく
床に
食いさしのパンがころがっていて
パンの裏側の影が濃くなって
水さしの水が光らなくなって

まだ雨が降っている

窓 V

外のテラスに
鉢植えのゴムの木があって
夏の光が一面にさしていて

光は
木をその姿のまま
ガラスをとおして
こちら側にはこんでくる
見つめていると
ガラスのみどり色の厚みの中に
木の姿が
一瞬とり残されて
光だけが室内にはいりこんでくる
ことがある
まばたきすると
木がすっと入りこんでくる
それを一日中見ていた
ガラスの厚みの中に
ゴムの木がとじこめられるのは
一瞬のことだ
一瞬のうちに木は自在に位置をかえる
一日中見ていた

出ていった女はもどってこない
遠い二、三の友だちの顔が
だらだらと頭の中をすぎていく
金はまだある
きのうは　何をしたか

バス通りの
歩道のアスファルトがとけて
靴がべたべたして
先が少しよごれた

坂道のガードレールに
白いハンカチがおいてあった
ひろげると小さな花とイニシャルが刺繍してあった
知らない人が　いると思った

テーブルの上に
瓶が倒れていて
赤色の液体がひろがりふちからぽたぽた落ちている

外のゴムの木が
水をほしがっている　と思う
夜まで
もちこたえられるか

窓 Ⅵ

窓のそばに
椅子をひきよせて
一日中
雪が降るのを
見ていた
雪は
くらい空から
ふいに現れて
無数の白く輝く線になり
地上におちる

この低い空間の
明るさは　どこからくるか
屋根も
木も
地面も
降ってくる雪のかげりにおおわれて
そのまま夜の下に　沈んでいく
雪がくっついて窓がまるくなり
闇の中を沈んでいく

きのう橋を渡って
ここに来た
欄干に積んだ雪を払った
靴につめたい水がしみこんだ
小さいストーブのそばで
湯に酒をまぜてのんだ
手足を縮めてねた

こんどは石の橋を渡った

誰かの足跡をたどって
田んぼのまん中をまっすぐ歩いていって
まっ白い雪の中で
目がさめた

うしろのドアが
一日中
開いたり閉まったりした
誰かが出たり入ったりした
影が入ってきて影が出ていった

灯りのついたまるい窓が見える
それはたちまち
目の前にあり
部屋の中が見える
わたしがのぞきこんでいる

窓から一日中雪を見ていた
もう何もないのだろう
ちらちらする空間がしだいに低くなり
地面だけが白い

窓 Ⅶ

部屋のすみに坐りこんで
一日中じっとしている
ときどき
目をあげて窓を見た

きのうは
びしょぬれの靴で
駅の階段をあがった
電車が出ると
雨がプラットホームにふきこんだ

出発の準備はいつだってすっかりできていた
記憶の中ではいつだって走っていた

窓の外を
一日がすぎた

窓 Ⅷ

花模様のカーテンがしまっていて
窓もしまっている
雨戸もしまっている

部屋のすみに
坐りこんでいる
いつここに来たのか
いつここに来たのか
同じ質問をくりかえしている
昨夜　水をのんで
寝たが　いつ起きたのだろう
コップが見あたらない

外は
きょうは晴れているのだろうか

きのうは雨が降っていて
公園をぬけた
靴にくっついた花びらをつまむと
指がよごれた
いつまでもこまかくざらついて
汚れがしみこんでいる

机のひきだしをあけた
写真が一枚あった
裏がえしで
誰が写っているのだろうか

いつここに来たのか
何が知りたいのか
もう夜なのだろうか
カーテンの花が見えない

窓 IX

芝生の庭が
むこうの崖までつづいていて
崖っぷちに
巨大な一本の火炎樹が生えている
ねじれた炎の形の枝を
幾重にも幹のまわりに巻きつけて
海からくる風を
螺旋形に上昇させる

ながめていると
樹の先端から
光の粉が噴出し
目のおくが暗くなる
目をひらくと
真昼の光が一面にさしている
何をしにきたのか

水をのんで……
のんだのかな

きのうは
長い橋をわたって
坂道をのぼって
夕立ちのあとの
林をぬけて
ここにきた
靴のかかとに泥がはねていた

手紙をかいて
封筒に入れて破った
何かが壊れていた
手紙は誰に宛てたのか
それを考えはじめるところで
ねむりにおちた

闇の中で

窓ガラスがネガになって
炎が白くぬけて見える

窓 X

額縁の中を
クリッパー型快速帆船が走ってくる
波頭が白く輝いて
落下する鷗の翼が異様に大きい
ベッドにころがったまま
でかけること
だけを考えている
からだがだるくて
あたまもはっきりしない
ことがよくわかっていて
起きあがれない
外はすっかり霧の中にある
のが窓から見える

夜が明けないうちから
目がさめていて
そのまま ころがっている
行くところは
ない

きのうは
川の中州の
芒の中に坐りこんでいた
突然
背後から増水しておし流される
幻覚がつねにあった
月がのぼって
銀色の穂の中に
まだ坐っていた
全身がしめって
つめたかった

テーブルの上の

一ケのコップ
床に散らばっている衣服
もう午後もおそくなっていて
すぐに
窓から
夕暮れがくるだろう

窓 XI

ドアのしまる音がして
目がさめる
光が天窓からさして
床が明るい
床にはまるいしみが点々とつづいていて
見つめていると
しみの上に同じ大きさの薄い影が重なっていて
いっせいに動きだす
ことがある

ドアはしまったままだ

きのうは
天窓を雨が流れつづけた
空気が冷えきって
毛布にくるまって
ころがっていた
熱があった
ねむったりおきたりして一日がすぎた
出ていったのは誰だろう

掘割りの水が急にふえて
大量の雨がはげしく落ちる
水が水に突きささり
水が水の表面からはねあがる
それを見つめていたことがある
古い町で
もう何年もまえだ

誰もこない
パンがひときれ
天窓からさす光の中にある

光がうすらぎ
もうすぐ
窓から夜の中に入っていく

窓 XII

窓ガラスの外に
シュロの尖った放射状の葉が見える
風がそれを
何度も
軽く　ゆすった
一日中ながめて
床に坐りこんでいる
五月の光の
とうめいな帯状の平面が
ガラスをつらぬいて斜めにさしこんでいる
ベッドには出ていった女のあとがあり
いつ出ていったのか
思いだせない

きのう
坂道をのぼっていて
気がかわって
林の中の小道に入った
大きな葉っぱをいっぱいつけた
大きな木のすき間から
白く塗った窓が見えた
窓がひらいて
たしかめようとすると
老人の顔がおくへひっこんだ

あの家は
まえにも見た

別の道を歩いていて
両側に墓地があって
そこを過ぎて
ふりむくと
林のおくに
白い窓が見えた
誰も住んでいないと思った

雨が降りだし
きゅうに日が暮れた

グラスの底に残っている
液体にほこりが浮いている
まだ残っているものがあるのか

シュロの尖った放射状の葉が
黒い影になって
風にゆれている
まだ何かを待っているのか

窓 XIII

窓から
青空が見える
道のむこうの
ポプラの並木の
葉のそよぐ音が
一日中聞こえてくる
無数の葉が
梢を吹きすぎる風にひるがえり
薄い金属片をかぎりなく打ち鳴らす音で鳴りつづける
音は皮膚の裏がわでざわめきだす
寒む気が首筋から背中をさがり足首へと波立っておりて
いく
こまかくぎざぎざにふるえておりていく
脳が
神経から切りはなされて
青い宙に浮いている
のが　遠く

目の奥に見える
感覚が　外界を
からだの内側に感じている
水を　のんだ
にちがいない　床の上に
コップがひとつ見える
コップの底に　水が残っている
窓から　青空が見える
空なのか　どうか
わからない
脳が浮いている空間
切りはなされた神経が
何かを　探している
きのうは　何をしたのか
たしかにきのうは
と脳がかってに考えている

きのうは雨が降っていた
ひどい雨で
傘をもっていなくて
肌着までぬれて
歩いた
ぐっしょりの靴下をむしりとって
はだかで　ねた
全身をぬぐったけれど
足の指のあいだが
いつまでもしめっていた

どうしたのだろう
遠くの宙で　考えている
このまま　夜の
青色に入っていくのか

ポプラのざわめきが
やんでいる
誰もこない

（『窓』一九八八年れんが書房新社刊）

routine 5

真夏の太陽が
木立の梢をななめに染めて
動物園から
子供たちの姿が消えるころ
ライオンの夫婦はもう身も世もない
女はあお向けにひっくりかえって
前足バンザイ後足大股びらき
男は横ざまにどてっと倒れたなりで
尻から巨大ふぐりをはみだしている
アフリカ象はだらーんと鼻をぶらさげて
キリンはぐらぐら立ちつくす
白熊一頭
虎三頭
豹二頭
どいつもこいつもぐったりひっくりかえって
モンキーだけが各種各様年中無休のクソバカ元気だ
くそしょんべん食べかすまみれの
ぬるぬるずるずるのコンクリの床に
太いホースでいくら水を流しても
くさいにおいが擬声語のように単純にたちこめる
偉大な神話的世界が崩壊している！
観光客はいったいどうすればよいのか
何か名物でもくったらどうだ
讃岐うどんは四寿世素屋が老舗だ
阿波では狸のトテツチ饅頭
備前のとぬきゆうて引用の美学が空き缶になっている
なまじ知識が詰っている大頭くんは
ひっくりかえるとおきあがれない
空中たかく二本の足をばたばたさせて
両手はどこへやったのか
もちろんひまつぶしをしている
ひまはノミのようにぴょんぴょんはねる
ものごとはなかなかうまくいかない

瞬時にすぎるこの世にあって
なぜか詩などかく人も出てきているが
この世を詩の仕事場にすなよ
遊び場にせえや
サーカス　メリーゴーラウンド　回旋塔　観覧車
まっ白い皿の中央にヴィーナスのへそがある
おわかりかな
西瓜畑の番小屋の廃屋で茶会をひらくインキンタムシ
すり鉢だってエーゲ海に沈んでいるインテリゲンタン
牛の顔が窓から入ってくる
もうどうしようもないね
すてようか
ポーイ

routine 23

朝風呂にはまって身を清め
アラミスのシャツの胸に
ヨットの刺しゅうの帆が傾むいて
ベルトをきっちり締めなおし正座して
わたしは詩をかくのだ
キンカンを喰ったり
ねたときのままのパンツをはいたまま
テレビではごちそう番組がふきのとうをうまいとしゃべ
　っていたり
某詩人の最近詩集のよみさしがちらかっていたり
安売りの CD の音がとぶのがゼニうしないの不快であり
　つつ
森林浴とかバードウォッチングとか
社会とか人生とかの詩をまじめにかいている
そういう人が鼻毛をひきぬいていたりして
わたしはきらいなのだ
わたしは困ってしまうコンクリートだ
まさか
沐浴し
衣装を整え
姿勢を正し

詩をかけ
ともいえないから
あなたの関心のひろさとふかさ
真理を愛し不正をにくみ美を好む熱心はまねのできない
　ところで
表現の工夫にも感心するところが大です　という
わたしはなまいきな奴なのだ
わたしは金玉の下をくぐらないのだ
わたしは奈良へ行って法師にもならない
わたしは駿河を旅して橋脚にもならない
森林浴がきらいだから石松がきらいだ
バード・ウォッチングがきらいだから覗きめがねがきら
　いだ
杭はうたないしカスガイも使わない
甲子園のよっぱらいは見たくない
よっぱらいの仲間はよっぱらいである
みじめのページをめくると
もうなにもないんだぞ
金玉のようにぶらさがる詩

お経のようにほどける詩
橋渡しをする友情のような詩
バカそのものの詩
出歯亀の詩
吸血鬼虫の詩
夫婦愛の詩
みんなペケである
わたしは尻のように割れている詩が好きだ
わたしはうどんが好きだから
わたしはうどんのように長い詩が好きだ
うどんはうどんである純なたべものである
台風はきらいだが
フーガが永遠につづくことをねがう
呪文もジョアン・ジルベルトも好きだ
わたしこそ詩人である

（『ルーティン』一九九二年百水社刊）

詩集〈桜の枝に〉から

ともだち

桜の枝にランタンを吊るし
輪になってお酒をのんで
この明るさをよろこびあおう
どうせ暗い道を散っていくのだ

この世

向うからやってくる人がいる
近づきおじぎをしてすれちがう
たぶんこれがおこりうるすべてだ
空に大きな星がでている

雪

ゆめを見ている人の
ゆめの中に雪がふりこんで
とおくに明るい窓がひとつ
たどりつくとだれもいない

生活

夕やみが地面におりてくる
なつかしい湿ったにおいがたちこめる
五千年前にもこのように夜はきた
疲れたこころをだくために

恋

あばら肉のくんせいを指でむしってたべる

さかなの白い身がゼラチンの中でゆれる
ワインもおいしかった
夜の中の夜

くらしき

古い町並の片側に陽がさすと
みがいた格子が光り　のれんが明るくなる
コルトレーンが軒をつたってきて空に消える
自転車も人もみんなのびして通りすぎていく

一本の線

一本の線をひく
指でエンピツで銃口で
こちらが味方　むこうは敵だ
あなたは何で線をひくか

デザイン

戦いの長い道のおわりに
一本の白い旗をたてよう
偉大ないたずら好きを招待し
へのへのもへじをかいてもらおう

詩人

見るならすべてを見たい
聞くならすべてを聞きたい
わたしは神様みたいに欲ばりだ
夕焼けくらいのうそもつくのだ

＊各詩篇の題名は、本集収載に際して著者が付した。

（『桜の枝に』一九九二年ブロス刊）

詩集〈二重予約の旅〉から

生首の隠喩

わたしは現実意識をもつことなく、脳だけは覚醒し、もちろん半覚醒の状態で、考えをつづけている。考えはひどくぼんやりした形で進んでいて、ともすれば全体の脈絡が失われ、失われてしまうと、同時に脳の覚醒も失われてしまう、そのような危うさで考えをつづけている。行きつく先がよめている気もする。行きつく先のひとつの要約が見えている気もする。つまり、とわたしは考える、男は女の気持が自分ひとりに集中してくるのがわかって、女の気持を変えようがないという恐ろしさに気が滅入ってしまうことが多くなっている。そのうち二人は一緒にくらすことになるかもしれない、などと思ってしまうと、いっそう気が滅入って、あわてて二人がそれぞれ別の相手XYとくらすことになる場面を想像する。しかしそんなことにはなりそうになく、せいぜい遅い刻限まで二人で飲んでいても駅でちょっと手をあげてそれでその夜はおわりにするなどと考えている。それでよいのではないか。それなのにどうしたのだろう、女の気持が男ひとりに集中しはじめ、すると女はそんなふうになってしまう自分がいやになってくる。女はそんな自分を払い捨てようと首をはげしく振ってみる。そしてそんなことをしている自分に気づき、ますます自分がいやになってくる。つまり、とわたしは考える、つまり二人とも潮どきなのだと自覚している。

郊外の新興住宅地のはずれとおぼしく、まだ一面に畑が拡がっていて、畑には葉が黄色に枯れてしまった青首大根が収穫もされずに放置されている。近づいて見るとどの大根も青首の部分に裂け目ができていて、そこに黒い土が入りこみ、大根はしんまで黒ずんでいる感じだ。収穫してもどうにもならない大根の安値を推定させる光景だが、実はこの辺りの農家の多くはたんに見せかけの農業を経営しているだけで、彼らの収入の大部分が不動産業から得られていることはみんな知っている。放棄された大根が何かの怒りの青さでも恨みの裂け目でもないことは眼前の事実だ。そのうち一台の耕運機がやってきて事態を一挙に解決するだろう、などとマアまことに呑気なことを考えつつ歩いていく。先程から神経にさわるノイズを発しつつ背後から接近してくるものがあるが、無視すれば無視できないこともなく、わたしはまだまだ呑気に歩いていく。ノイズはますます接近するが、むしろわたしは追われつつもそれを楽しむ余裕をもって、いかにも気楽な感じで、アスファルト舗装の農道をホイサカホイサカ逃げていく。幼稚園の子供を鬼にして適当にあしらいつつ逃げている気分だ。ホイサカホイサカ両腕を大きく振りあげ、ももを高くあげて逃げていく。まだまだ距離があり追いつかれる心配はないが、それでもいつまでこんなことをしていられるかとも感じている。わたしはすでに追ってくるのが女の生首であることを振り向いて見るまでもなく察知している。丸顔の色の白い女で、一度も会ったことも見たこともない女だ。そいつは、首のつけねより少し下、胸の上部のあたりで、胴体から水平にカットされている。肩から腕にかけてのまるっこい線や首から胸へふくらむ線が肉づきのいい女であることをはっきりと示している。実に安定度のよい切断で、この安定度のよさが、四隅にキャスターを取り付け、その回転で移動できる仕掛けを可能にしている。生首はキャスターのコマを超高速で回転させ、アスファルトの農道を猛烈な摩擦音を響かせて疾走してくる。コマの直径が小さいため、スピードをあげるためには回転数を極端にあげなければならない。すると当然摩擦度も極端にあがり、摩擦音もたえがたいものになって、耳の奥にドリルを突っこむようにわたしの神経をいたぶる。とはいえ、いくら回転数をあげたところで、生首の移動速度はしれているから、わたしには余裕がある。ホイサカホイサカと逃げていく。腕をふりあげ、ももを高くあげつつ、ふといつまでこんなことをやっていられるのかと思ってしまう。とたんに生首の不変の速度が決定打になるような気がしてくる。わたしがついに疲れはてたとき、生首はわたしに追いつき、わたしはそのまっ赤な口に喰いつかれるだろう。焦躁感が背骨をはいあがり、顔面がこわばってくる。足は気持の半分も動かない。右足より速く左足を踏み出すが、わたしはほとんど前進しない。生首は四隅にキャスターを取り付けているから、右折、左折にさいしてはかなりスピードをゆるめる必要があるのに、そのままのスピードできっちりと直角に向きを変えて進んでくる。それはロボット的動作であるが、生首の肉質的存在感はいやにリアルに感じられ、ついに恐怖がのどの奥から舌のつけねをせり上がってくる。ようやく前方に農作業用の小屋を発見する。屋根瓦はずり落ち、荒壁は剝げ落ち、入口の板戸は蝶番がはずれて斜めにぶらさがっている。軒には腐れ破れたヨシズが立てかけてある。わたしはヒョイヒョイヒョーイッと空中三段跳びの要領で屋根に跳びあがる。忍者的にふわりと屋根に落下し、四つん這いになって、下をうかがう。ゴウゴウと摩擦音を響かせ、摩擦熱でアスファルトを燃やしてくさい煙をあげつつ、生首が疾走してくる。生首はふいに前方のわたしの姿を見失い、自分の失策のために怒りが全生首に充満し、ヤスリをかけて尖らせた歯を赤い口からむきだして、シュウシュウ息を吐きつつ、前後左右に向きをかえてわたしを探している。わたしはあぶないあぶないと思いつつ、ついつい下をのぞいてしまう。生首が上を見上げたときには頭をひっこめ、あやうく見つからず、ほっとする。何度もあやうくセーフをくりかえし、なんだかゲームをやっている感覚になり、止めようにも止められない。案の定、とうとう顔をひっこめるタイミングをあやまり、生首と目が合ってしまう。生首は怒りの全エネルギーを顔面に集中し、一気に跳びあがってくる。わたしは叫ぼうとするが、口は容易にひらかず、ようやくしぼりだすように声を発する。いったん叫びが口から出はじめると、それはギャア――――と長くつづき、一方わたしは不自由な姿勢のまま右腕を力いっぱい振りおろし、生首のぐにゃりとした肉感とその奥の骨感を手首が赤くなるまでなぐりつづける。

異境の暗号

街の入口まで到着し、やれやれと立ちどまる。黒いビロードのような夜空にピンクとブルーのネオン管がくねくね曲線を描いて輝いている。それが何のサインなのか解読できないが、蟇文字と呼ばれる一種の生体文字であることは見破っている。わたしはどうやら異境に侵入しているらしい。今さら後もどりもできず、ヒヨコ形帽子のつばをぐいとひきおろし、そんな気は全くないのにからだを右肩さがりに斜めに傾け、必敗の決闘に向かう男のように粘りつく足運びでがくがく前進する。周囲の闇の奥には得体の知れない者らが息を殺してひしめいている気配がする。わたしの一挙手一投足は、彼らの何ひとつ見逃すことのない視線の集中射撃をあびて、ますます円滑さを失っていく。空気が極度に圧縮されてくる。わたしは薄手のゴム製ウェットスーツを無理矢理着せられたように、からだの全表面がぴったりと締めつけられる。このまま事態が進行すると、わたしが金縛り状態にはまりこむのは不可避であろう。わたしの全身の筋肉には拘束性の緊張化現象が生起し、脳と骨以外の、内臓その他の全器官には収縮性の固定化現象が生起し、わたしはつまりコンクリート製の棒になり、道端に転がってしまう。わたしはあまりの苦痛にうめきつつ、しかしまもなく苦痛は一種の超越的甘美に到達するはずだから、それならいっそのこと進んで金縛り状態に自らはまりこみたいという忘我の誘惑に負けそうになる。とはいえ、そんなことはこちらが勝手に考えていることで、先方の悪意がなくなるのでない以上、わたしは意のままにならぬ手足でとにかく前進をつづけるほかはない。ここは危険だ。あせればあせるほどからだが動かなくなるが、わたしはほとんど前進しない前進をつづける。危機がじりじり煮詰っているのがわかる。まもなく金縛りの瞬間がくる。せめてその瞬間をはっきりと知りたい。打首のとき、刀の刃が首筋の皮膚にあたった瞬間、何が感じられるか、などと考えている。

わたしはヨーロッパ風寺院のホールに入っていこうとしている。ホールには濃い霧がたちこめている。どこからかドライアイスを巨大な扇風機で送りこんでいるにちがいない。霧のために天井は見透せないが、はるかに高いところから光が射していて、目の前の霧がたえまなく流れ動いていることがわかる。その流れ動く霧のきれめに、灰色の背広服を着用した男たちが次々に浮かびあがってはまた霧の奥に消えていく。年恰好もはっきりしない影男たちの後姿の行列が、現にいま進行しつつある大きな事態の一部分であることはすぐに見てとったが、同時にわたし自身もその一部分としてすでに組みこまれていることも見てとっている。先程からなにやら小うるさい感じで足元を動きまわっているものがあり、その気になってよく見ると、十人以上の年輩の女たちが、チャカチャカ、チャカチャカ動きまわっている。女たちは赤色、青色、黄色の、三原色のヘラクレスタイプの制服を着用し、顔面の、お白粉やけの表皮の上に水おしろいを何度も何度も塗り重ね、唇にははみだし気味にピンク色をべったりと塗り、全身に浮き浮き気分をみなぎらせ、膝をピョコピョコ弾ませて、小まわりをきかせ、あっち、こっち、動きまわっている。彼女たちは影男たちの行列を横切るとき、小腰をかがめ、右手を前に突き出し、お相撲のように手刀を切りつつ、ゴブレイ、ゴブレイと小声を発している。滑稽だなあ、と思いつつ、この奇怪事の現実感に圧倒されて、笑いだすことができず、かえって身をかたくして隠れる場所を探している。霧の中にまぎれこめばいいが、霧はすぐにきれめができて、わたしの姿が発見されたとき、隠れていたことがバレて、かえって不利になるかもしれない。わたしは影男の一人といったふりをして、歩きはじめる。髭の剃りあとの妙に青い顔が、霧の流れにのって近づいてくる。黒々とした眉毛、牛のような目、三角の巨大鼻、巨大唇をぱくぱく開閉しつつ、一直線に迫ってくる。頬にもあごにものど首にも剃り残しの髭が二本、三本、一本、三本、と生えていて、こういう首が世間常識、おもいやり、人間としての礼節などをいっさい無視するのだ、と思う。そのことはぴったりとなでつけたリーゼント頭でも証明されている、と思う。わたしは自分を正義の側に置くことで、なんとか事態をやりすごそうとしている。対抗手段をもたない弱者の悪知恵であり、異境では当然のことだ。

どうやらここは市民公開洞の二階の回廊らしい。外ではすでに花火がばんばん打ちあげられていて、いま昇ってきた中央階段でもネズミ花火がはしりまわっている。パレードの太鼓やトランペットの響きが近づいてきて、市制百周年バンゼーイ！　バンゼーイ！　の大合唱が聞こえる。ザッ、ザッ、ザッ、ザッと空気を振り切る音は、行進する市民がいっせいに打ち振る小旗の音だ。すごいことになっている、と思いつつ、わたしは大展示室に入っていく。市制百周年慶祝大修辞展の垂れ幕が会場のまん中に垂れていて、それを取りかこむように当市在住と近隣市町村在住の修辞家たちが紋付袴で集合している。彼らはこの展覧会の主催者であり同時に出品者でもあるから、なにやらそわそわと落ちつかない。周囲の壁面には彼らの修辞の紙がすき間なくびっしりとはりつけてある。なにしろ大量生産大量参加だから、この市民公開洞大展示室は狭すぎるのだ。そのことについて彼らは当局の責任であると喋っている。そのやりとりがはっきり聞こえてくる。わたしの知人がいるかもしれないと聞き耳を立てていると、不意に大群衆がなだれこんでくる。表のパレードが解散になったらしい。たちまち展示室は身動きができなくなり、加えて彼らが口々に発する、ホーッ、ホーッという驚きの声が無数の小波となり、さらに無数の小波を集めた大波になり、なんどもなんどもわきあがり、なだれおちる。わたしは小ずるく身をかがめては前に出て、壁面の修辞の紙を鑑賞する。注意してみると、修辞の紙の右肩に、短冊型の金紙、銀紙、赤紙を貼付してあるものがある。金紙には漆黒で金賞と書いてあり、銀紙には次点と書いてあり、赤紙には準賞と書いてある。金紙、銀紙、赤紙のほかにも金箔ちらしの短冊そのものに市長賞、収入役賞、商工会会頭賞、区長賞などと書いてあるものもある。こんなに大量の修辞の即売会が催されるとは、これはもうたいへんなことだと思う。わたしも早く登録を済ませて、先着順何十人の中に入らなければならない。そのためにはとにかくすべての修辞の紙を見てしまわなければとあせってくる。しかしわたしにはどの一枚も解読できない。たしか鞄の中には蟇和辞典を入れておいたと思うが、その鞄がいつのまにか失くなっている。きわめて残念だが、後もどりして探す余裕もないし、この大群衆の流れを逆流することなどとうていできない。目の前に金賞札を貼った紙がある。〈晴天運転〉これは何のことか。〈一発万発〉これには銀賞が貼ってあるが、これは何だ。〈現米犬券〉も〈友便□然黙□〉も、市長賞の〈□□赤氷青水〉も、すべて解読できない。こんなことでは市民登録はとうてい許可されないだろう。大群衆をかきわけ、下に潜り、浮きあがり、とにかく一枚でも解読できるものはないかと前進する。やはり墓和辞典が必要だと思う。ずいぶん時間を無駄にしたと思い、汗だくになって入口にもどろうと群衆のすき間をすりぬけ、衝突していると、突然という感じで、わたしは受付の前に立っている。長机を三つ四つつなぎあわせて囲いをつくり、その中に緋毛氈を敷いて、赤色、黄色、青色の制服を着用した市役所の人が坐っている。きちんとひざをそろえて、正坐している。彼らはいっせいに笑顔をつくり、三つ指をついておじぎをする。まん中にいる人は、なんだ、おばさんではないか。わたしはほっとして、おひさしぶりです、おじさんもお元気ですか、とお世辞のようなことを喋っている。一人が立ってきて、わたしに一枚の用紙を渡す。別の一人がやってきて各項目ごとに記入要領を説明する。それがあまりに早口なので、しかもどんどん先へ進むので、わたしはついていけない。最初の一項目を書きおわらないうちに、説明はもう三つも先へいっている。わたしはいそいでポケットから財布を取り出そうとする。財布はない。

美女の正体

わたしは眠っている男の顔を見おろしている。わたしは男の枕元に坐っているようでもあり、宙に浮いているようでもあり、いずれにせよ安定、不安定を超越し、ごく自然な姿勢で男の顔を見おろしている。そのわたしの顔はいわゆる巨大顔で、男がふと目を覚まして見上げるなら、わたしの巨大顔が部屋の天井半分ぐらいに拡大しているのを発見することになろう。わたしは男の寝顔を子細にのぞきこんでいる。わたしはこの男を知らない。見たことも会ったこともない。男の顔は紫色に白く、ひじょうに毛深くて、床に就く直前によく切れる剃刀でそったらしく、斜めにそぎとられた毛の一本一本の先端が、毛穴の底から少しずつ伸びだしてくるのが拡大して見える。このように眠っている間も髭は成長をつづけ、その分だけ男は減少していくのだと思う。わたしは男の横にだらしなく口を半開きにして眠っている女に目を移す。わたしはこの女をよく知っている。この女はわたしなのだ。だからわたしはこの女が許せない気がして、巨大顔になって天井から子細に観察しているのだ。見も知らぬ馬の骨にたぶらかされて、何かいいことがあるだろうといい加減な計算もはたらかせて、自分では男をたらしこんだつもりで、われながらあさましいかぎりだという気がしてくる。レインボー同心円の罠に吸いこまれて、それがまた快感だと考えちがいをし、こんなところに寝くたれ腐って、と思うとわたしは逆上してわなわなふるえ、こうしてくれよう！　とばかり鱗がびっしり生えた蛇皮状の両腕をのばし、何十本にも枝わかれしたミミズ状の指をぐちゃぐちゃもつれさせつつ、女の顔をなぜまわしてやろうと女の顔に垂らしていく。そのとき男の目がぱっちりと開く。白い目だ。男は横になったまま枕刀をひきぬき、斜めにきりあげる。宙に浮く巨大顔の頬がざくりと割れる。しかし男の直刀は空をきり、男はしまったと思いつつ、蒲団を蹴って跳びあがる。右手にしっかり握った直刀を、それが直刀であるから肘を直角に折って、目と平行に構えつつ、左手は闇の中で電灯のスイッチを探している。天井の巨大顔はすでにどこかへ消えているが、瞬時の油断もならない。やっと指先が電灯の笠をさぐりあて、スイッチをひねる。六十燭光のエヂソン電球が古い旅館の一室をパッと照らしだし、女の顔が闇の中に一瞬見えて消える。美しい女だった。わたしはこの女を知っている。三年前台風で新幹線が動かなくなり、はじめて降りた地方都市のシティホテルに泊り、翌朝三階の廊下の鏡の中で、はじめて顔を見合せた女だ。大雨が降りつづき、わたしたちはそのままそこに居つづける。

役所の陰謀

現場では、一団の老人たちが

寄ってたかって何やら大仕事に取りかかっているらしい。老人たちは全員作業服を着用しているが、新品のものも着古したものもあり、色も少しずつちがっている。胸にはいろいろの会社のマークや○○工業とか××興産などの文字が見える。老人たちはずっと以前に働いていた会社や工場で支給された作業服を大切に保存しておいて、久しぶりに取り出して着用しているらしい。老人たちは全員腰にタオルをぶらさげていて、それが一様に黒くよごれている。老人たちはときおり思いついたように掛け声を叫ぶ。それは元気をだす掛け声というより、調子ずれのタイミングをはずした民謡の掛け声に近く、なんだかすっかりまのびしたのどかさを感じさせ、これでは湯治場の共同炊事場に立ちのぼる味噌汁の湯気のような親しさを感じてしまうではないか、とわたしはつい足を停め、老人たちにあいさつの言葉を発しようとして、百年目だ、と気づく。わたしはすでに老人たちの奸計に陥っており、身柄を捕獲されている。わたしの腰は荒縄で縛られ、ぐんぐんひっぱり寄せられる。加えて大きな下駄のようなものでぐいぐい背中を押され、どうしようもなくわたしは老人たちの現場へ接近していく。老人たちは体育館のフロアいっぱいに拡げた超巨大白紙の上に、ゲートボールの要領で適宜散開し、なにやら末期の情熱といったものを発散しつつ、大仕事のための準備作業に集中している。彼らは右手に謄写印刷用のT字型ローラーを握りしめていて、それをいきなり頭上高くさしあげると、ぐいとあごを突きだしつつ、目玉を球根のようにとびだして、宙空のT字型ローラーをにらみつける。とたんに極限興奮が彼らの脳味噌の血管をピチピチピッと破裂させ、彼らはガックリと首を折り、顔面を先頭にして床に倒れていく。そのはずみで彼らがさしあげていたT字型ローラーが勢いよく超巨大白紙の上を滑っていき、その跡には越中褌の巾のまっ黒い帯状の印刷ができあがる。体育館のあちこちで老人たちの脳味噌の血管が破裂する致命的な音が、実は現実には何も聞こえないのに、もうすさまじい連続多重音響となって耳の奥で鳴りつづける。わたしは体育館の二階の回廊から身をのりだして、全体を見渡している。老人たちは夜桜見物の余興に掲げる巨大凧に巨大忍耐図案を描いているのだ。巨大凧は城の天守閣から、ライトアップされつつ夜空高く昇ってい き、夜桜どんちゃんさわぎの人々をアッとばかり見上げ させる趣好になっているらしい。老人たちはたった一回 前倒式ローラー印刷をするだけですっかり疲れはててし まうのだが、あまりにも架空欲と繰り糸欲にとりつかれ ているために、まのびした掛け声をのんびりとあげては、 あきもせず簡単労働をつづけている。やかましい反響音 がいつまでもつづく。

太平洋戦争末期の軍用機の格納庫の中らしい。胴体の折れた双発爆撃機やプロペラのへし曲った戦闘機が十機ほど並んでいる。どの飛行機も弾痕やへこみがいっぱいあるが、それをおおい隠すほどのほこりが積っている。垂直尾翼が半分ちぎれてたれさがっているのや、ジュラルミンがぎざぎざに剝げて内部の骨格が見えるものもある。床にはマシン油が流れだし、その上にも土ぼこりが積っている。工具やパンクした車輪や機関砲の弾帯やウサギの毛でふちどりした飛行帽や半長靴が散乱している。高い天井の梁からはだか電灯が吊りさがっていて、格納庫内の手のつけようもない残骸感を照らしだしている。電灯は五、六本吊りさがっていて、その真下には知らぬまに一人ずつ老人が配置されている。今夜も彼らは決められた所作事を開始しようと、柳にとびつく蛙のようにきっとばかりに身構えている。彼らが所作事を開始するやいなや、はだか電灯の黄色い光の中に、メリケン粉をまきちらすように土ぼこりが舞いあがることだろう。わたしは毎夜その光景を眺めつつ、老人たちの真意がわからないため、足踏みをするにしろ、床をハンマーで叩くにしろ、コキコキ音をたてて首筋を曲げるにしろ、もう少し静かにやるべきだと思う。静かにやらないとすべてが世間にバレてしまう、と気が気でない。しかし一方では所作事は急を要する一大事のためのものだからのんびりするわけにはいかないのだ、とやたらにあせっている。つなぎの防虫服を着て、白色マスクを装着した男たちが、ジュラルミンの脚立を脇にかかえて突入してくる。彼らは老人たちのそばに脚立を立て、その上にまたがって老人たちを監視しはじめる。男たちの腕章には市のマークがついている。すでに市役所の手がまわっていることは確かだ。

（『二重予約の旅』一九九五年思潮社刊）

詩集〈十三人〉から

営業部員Ａ

さいごの問屋で
やっと商売になる
見本を入れた大型トランクを
少し浮かして提げて
キャスターを転がしてゆく
繊維問屋が並ぶ通りから
新道に出る
角に銀行の支店があって
シャッターはとっくにおりている
そこがバス停で
ま新しい標識が立っている
バスは一時間に二本くる
歩道の街路樹は植えたばかりで幹に粗布が巻いてある
片側二車線　中央分離帯にも細い木が植えてある

梢にそって視線を伸ばすと
まっすぐ夕暮れの空までとどく
朱色の太陽が沈んでいる
見る間に半分沈み
バスがくる
重いトランクを引き上げステップを上がるのはやっかい
　だ
バスでも電車でも遠慮しているが
かさばるものはかさばる
タクシーを乗り回してやれる商売じゃない
こんなことを三十年やっている
うそみたいだがほんとだ
窓からぼんやり外を見る
出張所、営業所、支店の四角い建物が並び
マークを描いたバンなんかが四、五台停めてあったりす
　る
とびとびに売れ残りの田んぼがあって
穫り入れのあとのわらを焼いた黒い灰がきのうの雨に濡
　れたままだ

きょうは次のまちで泊ることにする
新幹線で五十分
ちょっとした乗客にまじって夜のホームを歩き階段をお
　りる
トランクがこたえる
駅裏のいつものビジネスホテルにゆく
風呂にはいり
下着をかえ
おそい晩飯をくいに出る
掘割を背にした暗い通りに
めし屋、お好み焼き、ラーメンにギョーザ、飲み屋があ
　って
いつものめし屋で
湯豆腐で酒を二杯
スポーツ新聞をよみ
テレビの野球をながめ
カキフライ定食をたべ
ねえ
おたくだって

ぜんぶやめたいときがあるでしょう?

トラック運転手

八月の
熱と排ガスとチカチカする光の
市街地を抜け
国道に出て
やっと気が楽になる
まっすぐ南へ向かう
見晴らしのいい水田地帯を三十キロ走り
ループを下りると
港に着く
もう何年もここを走っている
すぐ前をジュラルミンの箱型トラックが走る
右側には小さな工場や農協やホテルが点々とつづく
左側には食べ物屋が多い
特にうどん屋が多い

どこにどんな食べ物屋があるか
どこでもちゃんとわけがある
左側にうどん屋が多いのは
港でフェリーに乗り
一時間仮眠して海を渡ると
そこはうどんで全国的に有名な土地だ
だからそちらから来た車はうどん屋に寄らない
逆にそちらへ向かう車は
フェリーに乗るまえに
ちょっとうどんでも食おうかということになる
だから左側にうどん屋が多い
そうにらんでいる
何にでもわけがあるんだ
前を走るトラックがいなくなり
赤い四駆が走っている
そいつもすぐいなくなり
別の四駆が割り込んでくる
抜かれるのはいやだが　気にしない
けっきょく

同じ速さで同じ時間で走るのが一番だ
マイペースは疲れるだけだ
ジャカジャカ音を窓から流して走っても
そんなことはいつまでもやってられない
免許とった頃
何十年もむかしだが
自動車学校の車はおんぼろで
すぐエンストして
それで坂道発進だとかサイドアワセとかやらせ
しけた教官が年寄りや運動神経のないやつをいたぶって
　いた
給料安かったんだとおもう
そういうわけがあるのよ
いま免許とりにいったらきっとだめだ
一発でとったときには
これで一生食えるとおもってうれしかった
けっきょく
一生食った
会社は三つばかし替わったが
高い運転席で大きなワッカをにぎって転がりつづけた
息子は
これからはスペイン語だとか言っている
スペイン語で食えるだろうか
あんた　どうおもう?

船員

港の奥に
白い建物が見える
どこにでもあるシーサイドホテルだ
前庭にシュロの木が五、六本
自家用桟橋に
大型の高速ボートが繋いである
観光客は波しぶきとエンジン音をよろこぶ
三十分ほど乗せてもらって
それからホテルの
窓辺の

テーブルに座ったりするんだろう
フェリーが岸壁を離れると
しばらく用がない
船尾に立って
煙草に火をつけ
そんな風景を見ている
ここからはもう見えないが
ホテルのまわりには
むかしのままの瓦屋根の町筋があって
小さな店が並び　郵便局もある
フェリーの航行時間は十五分
岸に沿って十分
狭い海峡を五分
たちまち人口百人の島に着く
十年前には
橋を架ける動きもあったが
もう誰もそんな話はしない
民宿が三軒
カラオケ喫茶が一軒

町営キャンプ地
町営研修施設
島一周四キロの遊歩道
畑もけっこうあって
それから伝説の池もある
狸も出てくる
観光客が多い日は
総勢五匹の狸は島中を駆け回って一度は姿を見せるので
すっかり疲れてしまう
小学生が十一名　中学生が五名
町の補助金付き定期券で乗船する
普通乗用車なら十五輛
島に工事があればコンクリートミキサー車も運ぶ
六時始発　終便は島を二十時半に出る
昼間は三十分間隔だ
船以外の仕事はしたことがない
若い頃は
内海航路の機関士だった
首にタオルを巻いて

焼玉エンジンといった

船底で焼玉エンジンを磨いていた
焼玉エンジンはシリンダー頭部の焼玉を真赤に焼いて
爆発させる内燃機関だ
船員帽もかぶっていた
うしろが三角に切れていて紐で大きさを調節した
いまはヘルメットだ
船が着いた
もやい綱をひっかけて
手で合図する
釣り客三人を乗せた四駆が一輛
軽四が二輛
たちまち上陸し走り去る
焼玉エンジンは英語でホット　バルブ　エンジンだ
商船学校の授業で習った
黒板の　白墨の英語の文字
hot bulb engine
いつまでもつまらんことを憶えている
あんた　知っとるかな
むかしは頭が熱くなるやつを

（『十三人』二〇〇〇年思潮社刊）

＊（生活感がない。）

Tシャツ、チノパン、白いズック靴、そんな格好で海辺のドライブからいま帰ってきた。
そんな感じだ
ズック靴には星のマークがついていたりして
夏になると
日が沈むころによくいるおやじだ
夜が更けてもバーのカウンターなんかでぐずぐずしていて、フローズン・ダイキリから始まった話が、今夜もむかしばなしの繰り返しになった。
髭にも白いものが混じって
あすもあさってもカリブ海に行かない
（磯の日なたでハゼを釣る）
酔った脚でゆっくり歩き
そっとドアを開け
そっとドアを閉め
洗面台の前で腕時計をはずす
手首に白い輪がついている。ステンレスのバンドの継ぎ目に黒い汚れがこびりついている。
それを見つめて
それから裸になってシャワーを浴び
パジャマを着て
鏡に向かい歯をみがく
少し血の混じった液体を吐き出し、100円ショップで買ったオレンジ色のプラスチックのコップで口をすすぎ、それから洗面台全体を手早く洗い、消灯する。

＊（雨露をしのぐところもなかったが……）

セメント瓦はいつ頃から出回ったのだろう。アメリカの空襲で、ほとんどの都市の、木と土と紙の日本家屋は、そこに住む人々と一緒に燃えてしまった。焼け跡の焦げた土地の上に赤茶けた焼けトタンのバラックが建ち、その横に木っ端葺き粗壁の小屋が建ち、それからセメント瓦の小さな家が建った。昭和二十年代半ば、1950年代のはじめだろうか。黒い日本瓦（本瓦）も製造されていたが、生産量が少なく、需要に追いつかなかった。セメント瓦は大量生産され安かった。青や赤の色が塗ってあり、新時代の感じだったが、すぐ色あせて薄汚れ、セメントをけちったため、すぐ砂が表面全体に浮き出した。
（砂だけはまだ川砂を使っていた。）

狭い土地でも四隅に
青竹を立て標縄を張り
神ぬっさんがお祓いをして
土地の神さんをお呼びして
ここに×××が太柱を太く立てて
一家眷属が住まわせて頂きますから
よろしゅう願いますと祝詞をあげて
まず左官の親方が基礎の水盛をして
なんだか近所近隣まで明るくなって
威勢のいい棟上げもめでたく済んで
餅撒きでガキ大将が活躍したりして
お祝いの酒盛りもつつがなく済んで
屋根屋がセメント瓦を葺きあげると
遠くからもわが家の赤屋根が見えた
ここら辺りにも家が一軒増えたのだ

八十万人の民間人と
二百万人の軍人が死んだ
（アジアでは二千万人が死んだ）
二百万人の民間人と
三百万人の軍人が引き揚げてきた
焼け落ちた駅を出ると
何もない焼け野原が
まっ黒い闇と
霧の中に
どこまでも続いていた
焼けトタンのバラックや
焼け残った物置の中で
みんな耳をすましていた

遠くから足音がやってきて
通り過ぎていった
ラジオはたえず人を探していた
消息をご存じの方はお知らせください
消息をご存じの方はお知らせください

＊（日本晴れだ。）

空は青く、人々の住居も青い。
公園内の、春には、花見の群衆が突然やってきて、我勝ちにシートを敷き、車座になって酒を飲む、その桜の木の枝の下に、この公園に住む人々は、青いシートで屋根と囲いを作り、わずかの家財と共に、暮らしている。
きょう彼らは外に出てきて
通路沿いのベンチに腰掛け
秋の日を半身に受けている
彼らはすぐ前を通り過ぎる通行人を、見ているような、見ていないような、半分前向き、半分後ろ向きの姿勢で、煙草などふかしている。
人々はその煙草のけむりを
見てないようにちらと見て
いそがしいふりをして急ぐ
ものの百メートルも歩くと、厳めしい西洋建築のミュウジアムがあって、たぶん大正時代末から、国宝とか財宝とか傑作とかを、厳かに展示している。
すごい。

一八六八年、慶応四年、五月十五日、徳川幕府彰義隊は、上野のお山に立てこもり、官軍はこれを攻め、雨の中の戦《いくさ》は一日で終わった。一八七七年、明治十年、鹿児島で西郷隆盛が自刃した。同じ年、すでに四年前に西洋式理念による公園として指定されていた上野公園では、第一回内国勧業博覧会が開催され、資本主義的経済は、下級武士らによる最大の組織的抵抗など、ほとんど意に介さなかった。五年後、動物園が開園し、その他博物館などもいくつも建築された。上野の森には、パンダがいる。
第二次大戦後には、進駐軍も戦災孤児も浮浪児も男娼もいた。一頃パキスタン人もイラン人もいた。
空は青い。
住人の住居も青い。

＊（人様のすることは……）

壁の亀裂をどこかで見たように思う
深さがどの程度か見当もつかないが
大丈夫だとそこにいる人は思ってる
やはり危なくてしようがないんだが

そうそうそこは地下の駐車場だった
前より裂け目が長くなってるんだが
やはり危なくないのかもしれないね
人様の思うことはよくわかんないよ

欠陥住宅をポカンと買っちゃった人は少なくないが
損害全体をたやすく回復出来た人はめったにいない
住宅ほどその用途以外の目的で作られる商品はない
建築材料と工賃は計算出来るが夢の対価は無制限だ

冷房は寒いくらい効いていたんだが
講師の話はてんで効き目がなかった
眠くなったからレジメの紙を裏返し
講師の話を四列の言葉に書き換えた

そうそう落書は都市の芸術だってね
家庭内の治安の悪さも相当なものだ
詩の四列化ってファシズムじゃない
自分のすることもわかってないんよ

家族があった
こともある
住む家があって
家族があれば
家庭がある

のだろうか
住む家は
借家でも
持ち家でも
マンションでも
一戸建でも
アパートでも
ブルーのシートでも
秋の夕暮れがやってきて
明かりが灯り
すき焼きがあれば
一家団欒の食卓があれば
花はなくても
紅葉もなくても
家庭の幸福が
あったのだろうか
あったのだろう

家族が

あったことがある
食事も洗濯も掃除も
家族の問題だった
家族がなくなれば
コンビニとファストフードがあればいい
コインランドリーと洗濯機があれば
掃除はやってもやらなくても
一人なら
一人だけの問題だ
さみしさにあふれていても
こころがなくても
それは問題ではないだろう
奥山の木々に黒い闇がきて
知らない鳥の羽音がひびく

＊（見えない廃墟）

中山間地は　いや山間地でも

どこまで走っても　道が舗装されている
幹線道路から逸れて　里山の裾をちょっと
曲がっているうちに　急に道は上りになって
樹木の間や樹木の上に　空がちらっと見えたり
ときどきガードレールが　傾いてねじれていたり
誰かがケツを振ったのだと　思わず肩に力がはいり
谷はどこの山でも意外に深く　滑ったらきっとだめだ
などとつい考えてしまい　そのうちふいに前方の視界が
ひらけ
平坦な空間に出る
いわゆる高原である。あちこちに数軒、十数軒の集落が散らばっている。
どの家も、建坪、数十坪の、二階建の、本格建築の、日本家屋で、母屋の横には、離れがあったり、もちろん立派な納屋もあり、庭もある。白壁の塀の外には、柿の木があって、秋には実をつける。鶏頭が咲いていたり、菊が咲いていたり、それから、自家用の野菜がいろいろ作ってあったりする。
ひろびろとした畑地の、ところどころに蕎麦が植えてあり、いちめん白い花をつけていたりする。
小さな二階建の粗壁の建物があちこちにある。煙草の葉の乾燥小屋だ。現金収入は、どこにでもあるわけではないが、煙草は蕎麦よりはるかにいいだろう。さらに道をたどってどんどん行くと、山間地のてっぺんにも、日本瓦を葺いた立派な家屋が建っている。
どこまでも道は舗装されている。
ぬかるむ道というものはない。

何の音なのか
無数の音が集まって
おおきな音になり
音の中を
人々が列を作り改札口から出てくる
段ボールハウスの集落は、破壊される。撤去される。跡形もない。
見えない廃墟だ。その廃墟のそばを忙しく人々が通り過ぎる。
（見えない廃墟はもう廃墟ではない。）

（考古学者も誰も容易に発見しない。）
見えない段ボールハウス集落の廃墟を過ぎて、人々は高層ビル群へと急ぐ。中山間地、山間地から、里へ下りた人々は、上り列車に乗った人々は、百五十年間、都会のすみずみに散らばり、結局どこへ行ったのか。

誰かの悪い夢の中で
鶏が金の卵を生んだ
鶏は食べてしまった
田舎のリアル中学を
卒業するとただちに
金の卵は就職列車に
ぎっしり詰めこまれ
上野駅などに着くと
さっそく工場の寮に
案内されすぐ割られ
誰かのお金に化けた

結局どうなったのか

上り列車に運ばれて
集まってきた人々は
忘れ物はしていない

コンクリートの団地を造り四角い部屋を作り
かき集めた五十万人のまぼろしはどうなった
帰りの目印に折ってきた木の枝はどうなった
どこまで歩いても帰るべきぬかるむ道はない
寒さに震え衰弱しきってももたれる壁はない

何の音なのか
大きな音が絶え間なく響く
あたまのそばを
たくさんの足音がひっきりなしに通り過ぎる
ひっきりなしにタイヤの音が走り過ぎる

＊（不滅のデザイン）

どんな尖塔も届かない、鳶色の雲の上までは
どんな貪欲も潜れない、運河の泥の底までは
きみの夢がちぎれて空中でびらびら散らばる
アイドルたまちゃんがへどろから鼻面を出す

鉄筋コンクリート建築の利益は、次の五項目である。
一、建築物の有効容積を大ならしむるを得ること。
二、永久的なること。
三、耐火性なること。
四、耐震性を有すること。
五、建築費比較的小なること。
鉄筋コンクリート建築の欠点は、次の四項目である。
一、其外観宜しからざること。
二、温度の調節完全ならざること。
三、表面の小亀裂。
四、設計施工の面倒なること。

などと、大正五年刊行の『日本百科大辞典』に書いてある。（わたしはこのエンサイクロペディアをもっている。）さらに読むと、これらの欠点ワア、克服可能であるトオ、大量の言葉で付け加えてある、ある。頭の暗い人の頭を明るくするのだ、するのだ。大正五年とはそういう時代だった、だった。鉄筋コンクリートは、新しかった、かった。近代だった、西洋だった、文明だった。学者は偉かった、かった。

図書館のすみでじっとり勉強する
図書館は古い書物を廃棄するから
図書館では新しいことだけを見る
まず永遠や不滅について調査する

不滅は神様の思し召しではないか
不滅は妄想の中の妄想ではないか
不滅は文明の到達目標ではないか
鉄筋コンクリートは永遠に不滅だ

地震雷火事おやじの江戸時代から
地震空襲火事損保の東京時代まで
われわれは長く不安な遍歴を経て
安普請生活を未来永久に卒業した

図書館の休憩場所では、一日中、地味で動作のにぶい常連が新聞と雑誌を読んでいる。平和なのだ。

小さな部屋のテレビライフに飽いてしまった
テレビの中ではいつも変なことをやっている
三匹や七人や隠居じじいや金太郎や桃太郎や
岡っ引きや鑑識や監察医や弁護士やねずみや
落ちこぼれ刑事や敏腕探偵が活躍するために
なぜ人間は不幸な目に会わねばならないのか
なんとかならないか人間観がゆがんでいるぞ
それからなぜ御馳走とうまいものがやたらに
出てくるのか不味い食い物は出てこないのか
なんとかしてくれなどとぶつぶつ言ったって
あなたが朝から晩までつけているテレビには
つねにあなたが見る番組しか映ってないのだ
つまりあなたはご自分を見ているだけなのだ
つまり逆にあなたがテレビにのぞかれている
テレビを消すとこころも消えあくびが生まれ
空っぽの暇が生まれすっかり臆病者になった
だから図書館のサービスは多岐にわたるのだ
もちろんふれあいセンターも公民館も満員だ
お風呂に入りカラオケをし子育て研修を受け
糖尿病の食事講座に出席し社交ダンスをして
パソコン講習を受けお華とお茶と硬筆習字と
英会話をして教養を深め技量を高め充実する
鉄筋コンクリートの箱モノがそれを実現する
もしも木と紙と泥しかなかったらどうしよう
コンクリートがなかったらどうしようもない

オフィスも銀行もマンションもミュウジアムもスタジアムもシアターも地下街もデパートもショッピングモールも警察署も生命保険ビルもなんにもない。
県庁も市役所も議事堂も裁判所も新幹線も飛行場も地下

鉄も道路も橋もトンネルもダムも堤防も岸壁も運河も暗渠も電柱もポストモダンもなんにもない。

生活もなく人生もなく国民もなく国家もない
鉄筋コンクリート支配こそ不滅の帝国支配だ

今やきみもぼくもこういう状況に陥っている
なんとかしなくては事態はひどくなる一方だ
割り箸を集めてみてもどうにも対抗出来ない
一千本を接着して杭を一本作ってどうするの
だいいち接着剤をどうするご飯粒ではだめだ
しかしコンクリート問題よりやっかいなのは
集めた割り箸の本数を一本残らず数えあげる
千里眼の者がいてきみはぜんぶ見られている
そういう全方位型一望探索システムの構築だ
ビルは高く道はまっすぐ遮るものは何もない
球場の席にも劇場の席にも番号がうってある
きみの家屋にも自動車にも番号がついている
きみがどこにいてもきみがどこにいなくても
きみの財布も風呂もすっかりのぞかれている
きみの家庭も生活もすっかり入力されている

どんな尖塔も届かない、鳶色の雲の上までは
どんな貪欲も潜れない、運河の底の泥までは
きみはたまちゃんみたいに水面に鼻面を出し
びらびら千切れる空をいつまで眺めているか

＊（記念撮影）

正月に
家族そろって
写真館に出向き
写真を写してもらった
戦争や病気のために
それから食うために
生別、死別は
債鬼のように、国家のように

確かに
家族のところにやってきた

父が出征するときも
全員で写真を撮った
父は兵隊の格好でまん中にいた
一枚の写真に家族がしがみついた

卒業が近づくと
二、三の友達と
写真館にでかけ
かたまって写した
一人だけの写真も写した
手札サイズで焼き増して
交換した
（安くなかったから）
友情の範囲が決まった
カメラとフィルムが安く出まわると

スナップ写真が人生を断片にした
生まれたばかりの赤ちゃんも
笑顔もよろこびも
はいはいも
たっちも
だっこも
お誕生も赤飯も
七五三も千歳飴もおばあちゃんも
入園式も黄色い帽子も
発表会も拍手も
入学式も雨の日も
運動会も泣き虫も
遊園地も迷子も
海水浴も浮輪もお尻の砂も
家族旅行も露天風呂も
クリスマスもツリーも
キャンプもファイヤーも
修学旅行もコーラスも
卒業式もやれやれも

成人式も晴着も
海外旅行もバカンスも
社員旅行も恋人も
結婚式も披露宴も招待客も仲人も
マイホームも玄関も感激も達成感も
ベランダも風景も自慢もローンも
祝賀会も祝辞も
宴会も乾杯も
疲れた妻も猫も
銀婚式も指輪も荒れた指も
疲れた夫も靴も泥も
遺影の写真も
涙も焼けた骨も
拾う人も
お墓も
お墓の文字も
かずかぎりなく撮影した
かずかぎりなく人生の断片を撮影した
アルバムに貼った

空き箱に保存した
人生は続き
断片が増える
これはいつのことだった
誰かわからない人たち
どこかわからない場所
断片をつなぐ記憶は失われ
断片は散らばる

ビデオが
いくぶん長い断片をつくった
長いぶんだけ
人はなまなましく壊れた
あんなに元気に走っていたのに
あんなに元気に笑っていたのに
あんなに元気に
あんなに元気に
なぜ人は二度も壊れるのか
なぜ人は何度でも壊れるのか

さえない人生は
ソフトを斜めにかぶり
片目つむって
セラヴィとも言えないだろう
せめて写真館に行き
修正写真を受け取ろう
一枚で一生もつ
いい男だ（俺は。）

＊（水中の兵士）

星の徽章のついたヘルメットを目深に被り、あご紐をきつく締め、その人は流れに浮いている。頭を下流に向け、仰向けのままゆっくり流れていく。初冬の冷たい水が流れているのに、その人はまだ半袖の軍服を着ている。銃剣をつるすベルトはしていない。痩せ細った両腕をズボンのま横にピッタリ付け、巻脚絆をきちんと巻いた両脚をピッタリ揃え、気を付けの姿勢で浮いている。磨きあげた軍靴の裏のたくさんの鋲が小さい光を反射している。透きとおる水がその人のかたく閉じたまぶたの上を流れていく。もう長い間何も食べていないから、その人はすっかり軽くなって、それで水に沈まないのだとわかる。鼻が格別痩せていて、小さい鼻なのになんだか高くなったふうに見える。唇は水に沈んでいるのにすっかり乾きって、かさかさに白くひび割れている。その唇がかすかに開いていて、何日も磨いていない汚れた歯が二、三本見える。髭の濃い人でまっ黒い髭が両頰と顎からびっしり伸びて水の中でゆれている。見たことのない藻のようにその艶のある髭の先がゆれていて、こんなにも髭が伸びているのだから、その人はもう何日もこうして浮いているのだとわかる。水は流れているのだから、その人も流れているのだが、いつまでも同じところに浮いているのは、両岸も流れと同じ速度で流れているからだとわかる。すべてが時間の果てに向かっていっせいに下っていく。

（百花繚乱）の花が人の形で流れに浮いている。金鳳花もある、百日草もある、霞草もある、野菊もある。岸には緑の草が生え、日が晴れ晴れとさして、風がかすかに吹いている。

＊（道路に立って、空に目をあげ、感嘆する。）

NIPPON建築界の最大の功績は、ペンシルビルの発案と普及である。

直接の理由がアメリカの空襲による都市の破壊と焼尽からの復興にあるとはいえ、都市計画（実は区画整理程度）の策定と実施は、モータリゼーションの到来に伴い、避けようがないところだった。幅4メートル以上の道路を有する都市を作り出すことが、その最低の達成目標だった。道幅4メートルは、消防自動車が入るためにはどうしても必要であり、消防自動車が入れない、ということはとりもなおさず、行政における住民サービスの欠落であり、社会的差別の現物に他ならない。

かくて、〈都計〉実施後の都市にあっては、道路はおおむねまっすぐとなり、互いに直角に交差し、一応整然たる外観をもつこととなった。行き止まり通路やぐるぐる道などをたどる迷路的散歩、重層化する時間の楽しみは失われた。歩道を有する幹線道路にあっては、街路樹さえ整然と植えられ、季節毎に植木屋が入って剪定などをおこなっている。（各自治体の植木屋の選定はどうなっているか。）

旧道路に面する土地の所有者は、利害の調整が慎重に図られたのち、（もちろん協力業者などもいて、なにかとあるのだが、）それぞれに新しい道路沿いに替え地を割り当てられ、多くはその間口三間（約10メートル）、奥行き十間（約30メートル）の短冊型の敷地に、あるいはさらに狭く小さな敷地に、新しい家を建てることとなった。狭隘な敷地をいかに利用するか。いかにして最大の床面積を有する建造物を所有するか。土地の所有者、または借地人の欲望は、この一点に集中した。これに応えるべく、建築家たちはペンシルビルという画期的建築様式を創案し、これの普及に尽力したのであった。

交差点のいわゆる角地は、交通に便ならしむるため、法律によって角が三角に削られている。

とある交差点の
二つの角に
果物屋が向き合って
商売していた
客は
二つの店を
見比べて
買い物をした
どちらの店も
箱入りの高級品から一盛りいくらまで
適当にとり揃えて
きれいな色といい匂いにあふれていて
適当に繁盛していた
どちらの店も
軽量鉄骨のペンシルビルの
一階にあった
その二階はパーマ屋、三階は着付け教室、四階は商事会社の事務所。
家主の果物屋は郊外の一戸建に妻と子供二人と住んでいた。
もう一軒の二階は貸金、三階は碁席、四階と五階に家主の果物屋の老夫婦と息子の家族が住んでいた。

ペンシルビル群が街の空に作り出す
デタラメのホリゾント
雑然とした近景
薄汚い壁薄汚れた歩道
(その歩道に立って、感嘆する。)
この薄汚い都市の景観は
しかし建築家の成果であっても責任ではない
雑居ビルは火災や災害に際して危険が大きい(だから都

市機能改善の一環としてなんとかすべきである。)
のだとしても
自然植生や古い石垣などが次々に破壊された(だから無
くなったら無くなったでなんとかすべきである。)
のだとしても
過去もなく未来もなく思い出も見通しもない(だから現
状をそのまま追認し少しずつ手を打つしかない。)
のだとしても
住人それぞれの生活はそれぞれの家庭にこそあるのだ
それぞれの家庭には喜怒哀楽と家庭の事情があるのだ
都市の歴史、景観、機能のあるべきコンセプトなんか
そんなもんはなんの関係もないのだ
(カア　カア　カア)

＊(社宅暮らし)
ギガランプ型経営は
どういう油の注ぎまわしか
近ごろ再び明るく輝き出した
(実はこういうわけだ)
ギガランプ型経営は
ひところの得意絶頂の輝きを失って
(そんな一時期もあったんだが)
すっかり薄暗くなってしまった
栄枯盛衰とも言うね
そこで
一部経営者
または多数経営者は
このしょぼくれを改善するには
やっぱりグローバル国の
エジソン白熱電灯型経営しかないと
そのシステムとスタンダードをぱくった
(あるいは勉強したんだ)
それはそれでいいとしても
(いいかどうかはあとできみがよく考えてくれ)
かつてかれらは一度はこう言ったのだ
積年の恨みを晴らしたように歓喜して

エジソン白熱電灯型経営なんか
こんなものはもう古いと
ギガランプ型経営こそナンバーワンだと
こういういきさつがあったにもかかわらず
臆面もなく
この際心理学は関係ないから
臆面もなく
なんて言うことはないんだけれど
臆面もなく
かつて一度は軽蔑した相手の真似をして
(実は百年以上やってきたことを復活し)
自らの経営体質を全体的に再構築した
あるいは再構築しようとした
結果はまあまあよかった
これしかなかった
やってみればうまみもじゅうぶんあった
といういきさつがあったにもかかわらず
謙虚さを失ったのか傲慢なのか
(この際心理学は関係ないけどね)

やっぱりかつての甘い成功体験が
水虫のかゆみのように忘れられないのか
またぞろギガランプ型経営にも
いいところがあったのだ
などと自慢し　美化して
しばしば明るく語るようになった
という次第なのだが
実はみんなが知っているとおり
一部経営者
または多数経営者は
藁屋根八分的共同体
ないし道祖神サークル内的共同体の
イデオロギー　行動規範　心的傾向　暗愚と忠誠
などを再認識し　再評価し
藁屋根　板屋根などを
本瓦　セメント瓦　スレート瓦に葺き替え
トタン屋根などはそのままで結構ということにして
大黒柱　恵比須フロアーもそのまま残して
再利用しようと

あるいは従来どおり活用しようと
目論みかつ実施しているにすぎず
加えてかれら一部経営者
または多数経営者は
メガあんどん的キャピタリズムとでもいうべき
珍妙ではあっても
どうしても実効性抜群と信じられてならない
成功処世術ないし経営理論を信奉し
（藩あっての家臣）
（会社あっての社員）
という使命感に打ち震えつつその振りをして
従業員一同に対し
滅私奉公を職業倫理の第一として称揚し
是非とも奉戴せよと強要し
かかる称揚への拍手と
かかる強要への明示的または暗々裏の同意を
にんまりじんわりやんわり笑顔を浮かべて
またはきっぱりと要求しているのであり
今日のギガランプ型経営とは

かかる経営方針ならびに経営戦略に従って
展開されるところの
サービス残業とサービス過労
人事権の私物化と人事のニンジン化
雇用条件の名目化と組合のナアナア化
成果の切り下げと不成果の水増し
などなどの経営実態にほかならないのだ
（たまったもんじゃない。）

ここにちょっとした土地があり、工場の新規建設にともない、工場付設の社宅を造る計画になったとき、庶務課係長であるきみは、いかなるランプ、失礼、プランを提出できるだろうか。きみのランプは、間違いなく次のようになるだろう。
まず、地図の一番上（一番北）には、最上ランクの社宅を建てるだろう。つまり一部部長および基幹部門の課長クラス用の社宅である。各戸は一戸建の二階屋で、部屋数は六、台所風呂と物置つきで、これを二軒平行して並べ、それを二列程度建てるだろう。つまり二戸ないし四戸だ。その次の列以下は、従属的部門の課長および全係長クラスのための社宅で、各列四軒並びで、三列ないし六列が続く。これも二階建だが、当然これらは二軒長屋で、部屋数も四間程度になるだろう。

ここまでが、役付きの「えらいさん」の社宅だ。

地図の中央には、もちろん建設プランの地図だが、上から下へ（北から南へ）一本の広い道路を通し、それが二階建社宅群を左右に等しく区画する。

（平安京的だ。）

さて、次に一般従業員の、場合によっては班長などの社宅をどうするか。まず、これとえらいさんの住居区域を明確に隔てるために、広い道路を東西に通し、この道路より下側に（南側に）平屋の四軒長屋を五十軒ほど、規則正しく列を作って建てる。

こちらには風呂（内風呂）はない。

共同浴場を中央部に作り、その前に小さな空地を残し、子供たちが遊んだりする。ここには、えらいさんの子供も来ることがあるだろう。紙芝居やパン菓子が来る。出征兵士を万歳で見送る。

社宅における人間関係は明示的にも潜在的にも微妙である。しかし紛れようもなく夫の会社内地位役職を反映する。夫がえらければ妻もえらい。経験以前的にえらい。子供も「坊ちゃん」「嬢ちゃん」などと呼ばれる。

（城下における武家屋敷群の配置そのものだ。）

（拡大すれば全城下町の支配構造そのものだ。）

（また企業城下町のあれやこれやそのものだ。）

（拡大すれば同一構造がどこまでも拡大する。）

昭和前期建築の木造社宅が老朽化し木造建築は長持ちすると言ったって社宅は所詮安普請にきまってるからハイカラなセメント瓦もうすよごれついに建て替えを要することとなりあるいはここに新規の建設が決まりあるいはこの際は借り上げに決まりさてきみはどんな企画を提出したかメガあんどん的キャピタリズム国の

経済水準は蛍光灯レベルまで上昇し
社会構造のカクテル光線化も進展し
法律等のネオンサインも点滅したが
社宅経営だけはそのイデオロギーも
人間関係もおおむね変化しなかった
社宅暮らしはあくまで社宅暮らしだ
ただ平面的社宅が立体化しただけだ
たとえば同容積の
四階建の集合住宅形式の社宅の場合
ある一棟は十二戸
ある一棟は十六戸
ある一棟は二十戸
このように一戸宛面積に差をつけて
このように入居者のランクを決めた
このように入居者の人生を支配した
（容積で差がなければ立地条件で差を出した。）

大きい箱小さい箱
遠い箱近い箱
それぞれの箱の中で
家具調度も
台所用品も
浴室用品も
洗濯用品も
掃除用具も
衣類も寝具も食料品も
ゴルフも釣りもショッピングもベランダ植物も
視聴覚機器もアイティ機器も
おもちゃも遊具も自動車も
アウトドアライフも
廃品回収も
子供も親も教育も失意も成功も
すべてを社宅的イデオロギーが神の摂理のように
貫き支配する
きみはどうするか
定年まで
退職まで

出て行くまで
マイホームを入手するまで

社宅マンションの入り口の
ちょっとした植え込みに
ベンチがあって
夕方
妻たちが出てきて
夫の帰りを待っている
よちよち歩く子供や
走りまわる子供もいる
つぎつぎに夫たちが帰ってきて
連れだっていなくなる
薄暗くなり
常夜灯も灯り
最後の一人が
子供にいいきかせる
おそいからもうおうちにはいろうね

＊（「家庭生活」のためのいくつかの断片）

断片1（お散歩）

スーパーなんかで
店員が手で押して
商品なんか運んでる車
あれなんていうんだっけ
そう　台車っていうの
その台車に木で囲いを作って
一歳か二歳の子供を五、六人乗せて
ごろごろ押して行くんだ
（ほんとはごろごろという音は聞こえないのだが）
子供はみんな
枠をつかんで外向きに立っている
ちっちゃな子もいっぱいに手を伸ばして
枠につかまって立っている
女の人が二人いて
一人が押し　一人が前を歩く

（ごろごろ　ごろごろ）
明るい日が射していて
風もないのどかな午後だ
向こうから老齢のご婦人が二人やって来る
彼らは車から目が離せない
すれ違うとき
一人がつい声に出してしまった
かわいそうに　親のない子が連れていかれてる
実際そんな眺めなんだが
近くの託児所の子供たちが
散歩にでているだけなんだ
（ごろごろ　ごろごろ）

断片2（お迎え）

昼下がりの
公園横の歩道に
十人ほどの母親たちが立って
幼稚園のスクールバスを待っている
妹を抱いたり
弟を連れている者もいる
バスが来ると
ぞろぞろ近寄って行く
ドアが開き
先生らしい人が降りてきて
制服の子供たちを次々に降ろす
子供たちは次々に母親のそばに行き
あたりがちょっとにぎやかになるが
格別のこともなく
すぐにみんな
いなくなる
この辺りには
猫もいない

断片3（伝言の壁）

八月六日の朝
国民学校一年生の女の子が家を出て
それっきり帰ってこない
鉄筋コンクリートの

校舎の黒くすすけた壁に
彼女を探す白いチョークの文字が書かれ
それから２２０００日が過ぎた
文字はいまも書かれたままだ

断片４（ちびまる子的）

ドゴール空港の
エスカレーターを昇ってたら
うしろからとつぜんどなられちゃった
あなた　はやくいきなさいよ
ぼやぼやしないで　じゃまでしょ
ふりむくと　すぐうしろに
日本人のおばさんが
まっ赤な服着て　怖い顔して立ってたの
あたしゃーもう　まいっちゃったよ
おばさんの左側には
日本人の団体客がずらーと連なってて
おばさんはきっとその右側を走って上がってきたんだ
あたしゃー　右側に立ってたんだよ
おばさんはきっと東京からきたんだ
ドゴール空港でもどこでも東京以外では
エスカレーターは右側だよ
いるんだよねー　こういう人

断片５（あるシンポジウムの要約と提案）

学校給食はひとつの産業であり
ゆえに学校給食を廃止するのは
ひとつの産業を廃止することに
同意することにほかならんのだ
おおぜいの人が食っているんだ
それで仕事になる役人もいるし
天下りの先にもなっているんだ
おおぜいの栄養士が職場を失う
短大の栄養学科はどうするのだ
米もパンもミルクも肉も野菜も
一括納入の安定をどうするのだ
ゆえに学校給食が存在するのだ

子供に食わせるのは親の義務だ
食事の内容を決めるのも責任だ
食事の仕方も親が教えるべきだ
他人が手出しすることではない
給食の教育的価値はあるだろう
しかしやっぱり大きなお世話だ
弁当持参は家庭が丸見えになる
第一親は忙しい助かってるんだ
あれこれ言えば言えるだろうが
しかしやっぱりどこかおかしい
親は手を抜くぶんだけ奪われる
子供は奴らのいい食い物なのだ

給食の「給」とはどういう意味か、考えましょう。まず「与える」という意味がありますが、お金を払っているのですから、与えるというのは変でしょう。「分ける」という意味もありますが、自分の食事を分けるというのも、これも変でしょう。「世話をする」という意味なら、誰かそういう仕事の人がいるはずですから、これもおかしいでしょう。お昼ごはんとかランチなどと名前を変えたらどうでしょう。みなさん。

断片6（ハタノキュウリ）

盗ったのはこれだけだな
ほかにないな
ないんだな
じゃあ　名前を言って
ハタノ
ハタノだな
字は　畑と野原の野か
ハタノなんていうんだ
ヒサトシか　ヒサトシ
永久の久と利益の利
これでいいな
きみ中学生だろ　生徒手帳出して
もってない？　ウソいっちゃだめだよ
家にあるって？
お母さんいまいるか

パート？　ウソだろう
ホントにパートなんだな
じゃあお父さんは？
いまいない？
単身赴任？　ホントか
どこ　九州？　九州だな
じゃー　ほかに誰かいないのか家に
妹と姉さんの子供？
おまえ　なに言ってるんだ
子供じゃしょうがないだろうが
引き取りにくる人いないと　警察呼ぶぞ
姉さんは？
いない？
どこにいるんだ
パート？　いいかげんなこと言うな
じゃあ
姉さんの旦那さんとかどうなんだ
海外出張？　おまえ
いいかげんなこと言うなよ
やっぱりお母さんに来てもらおう
電話するから
パート先言えよ
じゃー自分で電話しろ
おまえ　常習だろ

断片7（「家庭生活ゲーム」設計のためのメモ）

女神においとまごいをして
三浦半島あたりから
ヨットでカリブ海にワープする
（沈む夕日と黄金の波のアップ）

ボクハ巨大プロペラ爆撃機デ出撃スル
（操縦席のアップ）
眼下の海に丸に十の字の帆掛け船が浮いている
（甲板のちょんまげの侍たちと薩摩焼の壺のアップ）
「紙と木と竹の都市を焼き尽くすには
まず都市の周縁部に焼夷弾を落として火の壁を作る
次ぎにその内側を十字に焼く

これで火刑は完璧だ　諸君」
鉄筋コンクリートは火では破壊出来ない
五十年後にそれは崩壊する
ラジオからＪＡＺＺ

青空の下
陸地全体を白い色と赤い色が覆っている
何百万本もの日の丸の旗がひらひらする
または各社何百万本の青い色の旗がひらひらする
白色レグホンの大群がいっせいに冥界にワープする

ビル街の底に立つ人はみんな小さい
かれらは家に帰ってすき焼きを食べる
（すき焼き鍋のアップ）
独り者はイヤホンをはずして耳の奥に住む
または万物は音を発して壊れる
脳が靴を履いて図書館に行く
本棚から凸凹本が次々に落下する

凸凹本のすべてのページが
高速でぺらぺらめくれる
脳が瞬時に
すべての文字を読み
すべての図版を見てしまう
脳内映像のラッシュ

夜明けの空が裂け
イヌワシがワープして現れる
上昇気流に乗っておおきく舞い上がり
ゆっくり滑空して近づく
（イヌワシの顔のアップ）
またはハンググライダーで山間地の旅に出る
山頂を飛ぶ人

超高層ビルから見下ろす巨大都市
またはＣＧの移動映像
全領域を撮影するレンズ
暗黒トンネルを走る

または巨大ヒューム管を回遊する高速電車
座席で揺れる百人の顔　千人の耳
またはチューブの先から噴出する海水文学
（十九世紀のパリの細密地図のアップ）

あの世へ移住した怪獣たち
お化け屋敷の闇を飛び回る昆虫、例えば蚊
（標本箱の中の蚊の目玉のアップ）
この世とあの世を生まれ変わる人々の
死亡前死亡後の写真
または江戸期の素朴な漁師生活
（ふんどし姿で会社に出勤する男たちのアップ）

書き込み自由

断片8（足元を見る。）

神社付設の会場で
披露宴もつつがなく終わって
新郎新婦と親たちが
出口に並んで
お客様をお送りする
新郎新婦はすこしうわずっているが
とにかく神妙にお礼を述べている
親たちはふかぶかとあたまをさげて
さげたあたまの真下に
次々にやってくる履物を見る
おおむねいい靴といい草履だった
息子や娘がどんな奴らとつきあっているのか
自分たちがどんな奴らと近づきになったのか
いくぶん気掛かりだったが
おおむねぬかりはなかったようだ

断片9（よく見る光景）

新社屋の竣工式
新会館の落成式
トンネルの開通式
大博覧会の開会式
立派な人たちが

ぞろぞろ前に出てくる
テープは一本しかないから
三十センチ間隔で並び
左手でテープをもち
右手にハサミをもち
テープカットをする
わしも出せわしにも切らせろわたしもぜひ
係の配慮もいじましいが
欲望も根深いのだ
新聞社のカメラのシャッターが切られ
テレビ局のビデオが回り
いっせいにハサミがはいり
三十センチのきれっぱしが
関係各位の手からたれさがる
ちょうど風など吹いてきて
ヒラヒラすれば
いいのだけどね

断片10（国民歌謡）

はたらき蜂のうた
はたらけはたらけ　はたらき蜂さん
ブンブンブンブン　はたらけはたらけ
はたらかないと　くびをねじきるぞ
はたらき蜂さん　遅参はゆるさん

断片11（たわごとの一例）

わたしが死んだら
葬式は
仏式はだめだね
わたしはインドへ行くのはいやだ
（西遊記を思い出してくれ
（たくさん化け物が出て来て道中がたいへんだ
キリスト教もどうもね
天に昇るというのは
暗い宇宙の果てへひとりでどんどん遠ざかるみたいで
（違うかもしれないけど

ぞっとしないね
回教はあちらに行っても砂漠みたいで
(オアシスもあるのかもしれないけど
キリスト教よりもっとなじみがないんだ
わたしは自分があちらのいいところに行くのだと
かってに決めてるみたいだが
そうなんだ
わたしはB型だから
地獄へは行かないのだ
以上三つの他にも　あちらアイテムは
新旧いろいろあるらしいが
全部願い下げにしたい
やっぱり背戸のお山に葬ってほしいんだが
駅十分のマンションの六階に住んでるから
(最近中古を買ったんだけど
あたりには背戸のお山どころか
田んぼもなにもないから
言ってみただけだね
とにかく
焼くだけ焼いてもらって
一番長く一緒にいた人の部屋の
お邪魔にならないところに
しばらく置いてもらえたらいいんだが
どうだろう

断片12（おわり）

その人は
もう長い間ベッドに寝ていた
ときどき目が覚め
このベッドには
自分の前には誰が寝ていたのだろうと考える
ときどき目が覚め
このベッドには
自分の後には誰が来て寝るのだろうと考える
日が射しこんで
風が吹いてくる
座敷の障子が開いていて
縁側のガラス戸も開いていて

庭の金木犀が
部屋の中まで
いい香りを送ってくる
また目が覚めて
自分の前にここに寝ていた人も
この香りを嗅いだのだと
その人はぼんやり考えた

付、「家庭生活」編集のためのメモ

この「家庭生活」は十八のパートからなる一篇の詩だと考える。(各パートには、＊印付きの括弧で囲んだ小見出しが付けてある。)

連作と呼ぶ形式または考え方が一般にあるが、それとはいくらか違っていると思う。連作における各詩篇に比べてこの詩の各パートの多くは、一篇の詩としての独立性が希薄だし、加えて希薄さの程度も一様ではない。それでは長篇詩だろうか。しかし全体を通しての統一性や一貫性に乏しいから、あきらかに違うだろう。「家庭生活」は、連作でもなく、長篇詩でもなく、かなり長い一篇の詩だと考える。(ただし便宜的な呼び方はあるだろう。例えば連作長篇詩、長篇連作詩など。)

「家庭生活」を形成する十八のパートは、それぞれが限定された仕方で、一つの全体を語ろうとしている。ただし語ろうとしてはいるが、十全に語りきってはいない。十全に語りきるには、(それが出来るとしても、)さらに数多くのパートが必要だろう。

一応の編集が終わり、最後にいくつかの断片をどう処理するかが残った。新しく何篇かを書き加えて、幼年から老年にいたる人生のいくつかの時期の生活を、それぞれ例として示す、そのような新しい一つのパートとした。すなわち「＊(「家庭生活」のためのいくつかの断片)」である。こうしてひとまず処理が終わったのだが、しかしすべてが完了したのではない。

次のようなことが考えられる。この新しいパートには十二の断片が含まれているのだが、これらの断片のあるものは、加筆してあるいはそのままで、どこかしかるべき位置に置けば、十分新しい一つのパートになりうるのではないだろうか。例えば「断片7（「家庭生活ゲーム」設計のためのメモ）」は、そのままで一つのパートとしてどこかに置くことができるのではないか、と考えられた。もともとそれぞれが一つのパートを目指して書かれたのだから、これは当然ありうるのだが、始めに何になるかが決められていなくても、事情は同じだろう。さらにまた、ある断片は、他の十七のパートのどれかに、そのままで、場合によればそのパート全体に加筆を施しつつ入れ込むことも出来るのではないか、とも考えられた。例えば「断片9（よく見る光景）」は、「＊（記念撮影）」の中に入れ込むことができるかもしれない。つまりこれら十二の断片は、表現においても、「家庭生活」中の位置関係においても、その両方においても、いまだに未決定のままなのだ。「＊（「家庭生活」のためのいくつかの断片）」は、ふたたび、断片に戻る可能性がある。

さて問題はここからだ。このような未決定断片を集めたこのパートの存在は、それを含む「家庭生活」に次のような性質を与えているだろう。つまりこの詩は、ある一つの全体を語るその〈途上〉にある、と。またこの〈途上〉という性質は、次のことからも与えられているだろう。すでに一応の決定を見ている他の十七のパートも実はその表現が必ずしも決定されてはいないこと、および各パートの位置関係も決定済みとは言えないこと。

これは変な考え方かもしれない。決定などということは常にありえないので、そのことの暗黙の了解の上で、人は時に決定稿などと言っているだけなのだ、とそのように考えればいいだけのことかもしれない。しかし、少し違う考え方をしてみたい。

もう随分昔になるが、林不忘の「丹下左膳」の主人公が、いかなる経緯で隻眼隻手の剣士になったかを語った別の作家の小説を読んだことがある。近くは、水村美苗の「続明暗」は、夏目漱石の死によって中途で絶えた「明暗」を書き継いだ小説である。また新しい校訂によって、宮沢賢治の「銀河鉄道の夜」は一つではなくなった。これらは、瑣末な文学上の出来事なのだろうか。上古から現代までの文学史には、このような例はいくらでも見いだせるだろう。たくさんの異なる「平家物語」が存在するし、「奥の細道」と曾良の随行日記の場合さえ、（もちろん両者の関係を考えることは常にすべきこととして重要だが、）ある一つの全体を語ろうとする二つのもの、そのように考えるべきだろう。異伝、異本、翻案、リライト、翻訳、あるいは逸文、断簡、引用、換骨奪胎、偽書などのすべては、あるいは注解にいたるまで、一つの全体を語るものとして、同一の視野の内に置かれなければならない、とこのように文学、詩を考えることは、一般的ではないのだろうか。

　世界に関する巨大な一つの物語（Ｎ）があり、その全貌は誰も知らないし、知ることもできない。Ｎは、仮に言うなら、人によってすでに語られたこととまだ語られないことの全体である。何かを語る人は常にその巨大なＮのごくごく一部分を語っている。Ｎの構造は、何重もの入れ子型になっている。Ｎの中に無限個のｎが入っていて、さらに各ｎの中に無限個のｐが入っていて、……。しかもこのそれぞれが一つの全体なのだ。

　これはたぶん変な考えなのだろう。やはり変だと思うが、人は常に世界についてしか語れないのだ。しかも、世界は常に語られたことより大きい。語ることは語り続けることだ。

　以上のような考えによって、この詩は編集された。

　最後に物語と詩の関係、語ることと詩が生まれることとの関係について簡単に述べる。詩は物語から析出される。これは文芸の始まりからあることであり、歌物語はその事情をそのまま物語るジャンルでもあるだろう。言語の記号性に戯れるモダニストの詩でさえ、簡単な回路を接続すれば、成立の物語を措定できるはずだ。

あとがき

詩集の作り方は、いろいろあるだろう。書いてきたものを後である考えでまとめる場合も、ある考えや計画のもとに書いてきたものをまとめる場合もあるだろう。わたしは、多く後者に従ってきた。この本の場合も、（この詩は一篇の長い詩と考えられるから、詩集とは言わないのかもしれないが）、かなりはっきりした計画のもとに書き、かつまとめた。本は、一つのまとまった世界を形づくることが出来る、そういう媒体ではないだろうか。

昨年、若干のパートの原型を書いたが、今年、二月の半ば、関わっていたあることが終わって、一種の解放感の中で、月末までに残されていた大部分を書き上げ、さらに必要なパートを他から補充し、編集も終えた。

句読点は、行わけの形式の部分には原則として使わず、散文の形式の部分には使っている。ただし段落の始めの一字下げはしていないが、これは行わけの形式の部分と同じである。以上はあくまで、記号の使用等に関する形式上のことにすぎないので、このことだけで、この詩が詩と散文の混交だ、ということを示すとは考えていない。またある部分を書いているその時の表現意識において、詩か散文か、その差は当然あったが、それがそのまま形式に平行しているのでもない。この差は相対的なのだ。（現在の詩とはそういうものだ。）ただ書かれたものの全体を見通した時、両者の混交の姿が、見えるかもしれない、と言うことは出来るだろう。何が詩かは、今も後にも十分に言うことが出来ないが、この「家庭生活」はやはり詩だと考えている。

計画を樹て、書き、まとめそして手元を離れた原稿がどんな本になってこの世に現れるか、それを待つ日々ほど楽しいものはない。刊行にあたっては、いくつかの本と同様、思潮社のお世話になった。小田久郎氏をはじめ皆さんのご厚意ご尽力に心から感謝申し上げる。また装幀の則武弥氏にも謝意を表したい。

二〇〇四年春

著者

（『家庭生活』二〇〇四年思潮社刊）

詩集〈オカルト〉から

水行

霧の中を小舟で漂っていく。霧は深く何も見えない。ときおり舳先のあたりで小さな水音がする。不意に霧の中から折れた葦の葉が現れ、顔を撫ぜる。払いのけるまもなく舟はまた霧の中にすべりこむ。どこに向かうのか、どこまで行くのか、もうずいぶん漂っているのだが、岸からそれほど沖へ出ていない気がする。

わたしを呼ぶ声がする。

わたしを呼ぶ声を、わたしはいたるところで聞いた気がする。声は葦の間を抜けてくるようでもあり、遙か上からくるようでもあり、耳元でささやくこともあり、前方からからかうように届くこともある。
いたるところから声がきて、わたしを呼ぶ。

霧は深く、声の主はわからない。男でも女でもなく、子供でも老人でもなく、人でも人を超えた者でもなく、あるいは機械の声かもしれない。

わたしはいつ霧に閉ざされたのか。わたしはいつから小舟に乗っているのか。
わたしは湖の岸辺の葦原をぬって走る水路をぐるぐる回っているだけなのかもしれない。

綱が解けて舟が漂いだしてから、わたしを繋ぎとめるものは何もない。
わたしを呼ぶたくさんの声の中に、わたしを探している者の声はあるのだろうか。
わたしはほんとうにここにいるのだろうか。
わたしが声なのだろうか。

わたしを呼ぶ声がする。いたるところから声が届く。
アシハラさーん、さーん、さーん、さーん。

記憶

彼はおもいだされていた。
薄いゴム手袋をした彼の手が、ノコギリをいそがしく動かして、そのモノの首を胴から切り離し、次にノコギリをメスにもちかえ、そのモノの鼻をそぎ落とし、右の耳をそぎ落とし、左の耳をそぎ落とし、頭の皮をはぎ落とし、親指と人差し指で右の目玉を抜き取り、左の目玉を抜き取り、舌を引き抜いた。彼の手がふたたびノコギリを使って器用に頭頂部を輪切りにし、ぱかっとふたをとった。脳がむき出しになって、収まっていた。それを彼が感動をもってしばらく眺めた。

彼はおもいだされていた。
解剖学教室でそのモノに加えられた彼のこれら一連の行為は、そのモノにすっかり知られていた。彼が輪切りにした頭頂部をこっそり鞄にいれて持ち帰ったのも知られていた。頭頂部はひっくり返すとお皿の形になっていて、彼はその両耳の上あたりの位置に錐で二つずつ穴をあけ、五番線の針金を二本通して、灰皿に仕上げた。彼は机の上に置いてそれを使った。煙草の煙と脂と灰と熱でやがていいつやがでるだろうと彼は思った。友達がくると自慢げに見せた。

彼はおもいだされていた。
彼はまもなく灰皿をその友達にやったのだが、そのことも、なぜやる気になったのかも、灰皿を作ったことさえも、全部忘れて、三十年をすごした。いまや彼は腕のいい某病院外科部長になっていた。評判を頼りに、彼は念願の彼自身の病院を建設した。一週間後には開業という時、彼の脳の血管が切れた。

いつのころからかわたしは毎年春先から五月まで頭痛に悩まされるようになっていた。ふと思い当たることがあり、探すと押入れの隅から新聞紙にくるんだ灰皿がでてきた。針金を抜き取り、しかるべき宗教的手続きをとった。

わたしもおもいだされていた。

駅の階段を一段踏み外す、それは小さいけれど不慮の事故だ。頼みの仕事がキャンセルされる。背中が痛む。そしてもちろんちょっとした幸運もある。うれしい出会いもある。

これら日々の起伏はすべて誰かがきみをおもいだしていることの証明だ。おもいだされているかぎり、わたしたちは、いまここにいることができる。

きみが誰からも忘れられたら、きみはもういない。

夏の一日がようやく終わる。遠く西の空に視線を遊ばせつつ、わたしの上体がゆっくりと倒れる。

梟首

首狩は、豊穣祈願、幸福招来、悪疫駆除、新築祝賀、通過儀礼、武勲誇示、血讐などのために、霊質、生命力が宿るとされる首を切り取り持ち帰る、主として未開農耕民にみられる習俗で、世界的に分布する。鋼鉄の英雄平将門のさらし首は目を瞑ることなくついに関東の地に飛びかえった。

首は
空に血の虹を描き
山脈のかなたに
消える

一日が死ぬ

＊石川栄吉他編『文化人類学事典』を参考にした。

緑青

アクア・水色／スカイブルー・空色／ブライトターコイズ・水浅葱《あさぎ》／ライトターコイズ・秘色《ひそく》／ブルーターコイズ・浅葱／ホリゾンブルー・瓶覗き／シアンブルー・新橋／マリンブルー・藍／セルリアンブルー・花浅葱／アズールブルー・千草／サファイアブルー・花田／フォー

ゲットミーナットブルー・群青／コバルトブルー・瑠璃
／ウルトラマリンブルー・紺青／ネービーブルー・紺

座敷のケヤキの長火鉢のあかがねに緑青がふいている
そういえばここが無人になって十年がすぎてしまった
天井は黒ずみ襖は薄汚れ畳には土ぼこりが積んでいる
南側の障子もすっかり赤茶け破れたままになっている

田んぼ道は急いでも陽が沈む
すぐに薄暗くなる
田んぼ道はどこまでも田んぼ道
いくらかでも明るいうちに
たどり着きたかった
村役場で描いてもらった地図は
闇にまぎれてよく見えない
道がのぼりになって
たちまち一軒の農家の前庭に出た
松やコウヤマキなど梅もあったが
みな枝や葉が茂っている

入口に立って見上げると
出征兵士の家という
例の表札くらいの木札がうちつけてある
土間に入ると
父親と母親それから乳飲み子を抱いた嫁が膝をそろえて
　座っていた

まるまる水兵長タダイマゴホウコクニマイリマシタ
ぺけぺけ一等水兵殿ハ帝国海軍軍人トシテ立派ナ最期ヲ
　トゲラレマシタ
以上
それでは失礼します
気ヲツケエ
英霊ノゴイゾクニタイシテ敬礼
直レ
マワレ右
歩調トレエ
前ヘススメ

＊長崎盛輝『日本の伝統色彩』を参考にした。

土間に海の水があふれ
たちまち座敷に流れ込み
畳が乾かないうちに葬式がおわり
何年かしてまた葬式がひとつ
何年かしてまた葬式がひとつ
婚礼があって若夫婦が出ていって
寡婦がひとりほそぼそと生きて
また葬式がひとつ
無人の家がのこった

長火鉢の前に座って
火箸で灰に
芳江とかいた
水兵帽の頭からねばねばしたものが流れ続け水兵服の袖
　をぬらし
腕を流れ指先から火箸を伝って
文字を赤く染めた
おれはもう夢の中にも住めない

（『オカルト』二〇〇七年思潮社刊）

散文

海へ

　父は神戸高等商船学校の機関科を卒業、日本郵船に就職、いくつかの船に乗り、最後は秩父丸に乗って、太平洋を往復した。結婚して、神戸市の篠原中町に住んだ。洪水があった。昭和何年のことだったろう。母の話によると、雨が降ると、川の水が濁った。お香この汁みたい、とわたしが言ったという（わたしが使った最初の直喩だ）。ついに土石や流木で橋や暗渠が詰まり、洪水になった。母は、夜になると、地面の下で大勢のものがわっしょいわっしょいと掛け声を掛けるのを聞いた。大水が出るのでお墓の下の人たちが引越しをしていたのだろう、と洪水のあとで、母は近くに住んでいた母の伯父と話しあった。夫が不在で神経が過敏になっていたのだろう。わたしにはこの洪水の記憶はない。昭和九年の秋、岡山では洪水があり、その最中に弟が生まれた。母の父は岡山市の日赤病院に勤めていて、わたしも弟もそこで生まれた。母が病院のベッドに寝ていた姿やあわただしい人の動きなどをぼんやり憶えている。

　母から聞いた話をもうひとつ。神戸の街は道路が山から海へ下るが、その坂道を乳母車が転がって踏み切りで電車にはねられた。母はこれを新聞で読んだ。

　父は船を降り、松山市の近郊の松前町という半農半漁の町にできた東洋レーヨンの工場で働くことになった。その社宅に移り、すぐに小学校に上がった。入学式なども何も憶えていない。社宅には大勢子供がいて、学校から帰ると日が暮れるまで遊んだ。夏は一日中裸で遊んでいたから、ひと夏に二度背中の皮がむけた。近くに川が流れていて、ホテイアオイが繁茂していた。これは汚れた水を好むから、今思えば汚い川だったろう。これを集めて筏を作って川を流れた。岸辺のぬるぬるする泥を踏んでいるとき深みにはまった。水が頭の上まで来てずるずる沈んだ。ようやく流れの方へ抜け出して助かった。この川の土手をしばらく行くと、松林があり、セミがなき、蟻地獄が穴を作っていた。そこを抜けると浜辺だった。潮が引くと、沖の洲まで歩いて行けた。そこで遊んでいて、知らぬ間に潮が満ちはじめ浜辺との間に流れができていた。泳ごうとして、足で底の砂を蹴ったが、流れに体をさらわれ体が浮かない。流されているわたしの腕をつかんでくれた人があった。

一年に何度かおなかをこわした。当日と翌日は絶食、三日目が重湯、四日目三分粥、五日目固いお粥、六日目に平常に戻る。これが母の治療方法だった。空腹と退屈に困って、父の書棚から俳句の本を持ち出して読んだ。船に乗っているときの父は写真を趣味にしていた。今でもかなりの家族写真が残っている。工場に勤めだして、弓道と俳句を始め、俳句は生涯続け、しまいには「ホトトギス」に二句載るようになった。還暦の祝いに子どもたちが句集を作った。わたしは正岡子規の「墨汁一滴」や「仰臥漫録」を読んだにちがいない。錐と小刀の絵が描いてあったのを記憶している。「曼珠沙華」は、花の咲いている様子を身近の田舎の風景に当てはめて想像した。高濱虚子の「柿二つ」も読んだ。重湯やお粥とともに、薄い味噌汁や野菜のスープを飲まされていたから、この本では、スープをそっぷと言っていて、のぼるさん、そっぷができたぞな、と母上の声がした、などというところや柿を食うところを憶えている。

昭和十九年春、父が徴用になった。すでに多くの船が沈められ、船員もいなくなっていたのだ。海軍の制服を着た父を真ん中にして、玄関の前で記念写真を撮った。父が苗木を植えて育てた桜が咲いていた。しかし父は船に乗らず、清水市の折戸にできた清水高等商船学校に配属された。最近母から聞いたところによると、輸送船の甲板に整列しているとき、列から連れ出されて船を降りたのだという。どんな経緯があったのか。家族が折戸の官舎に着いた日、近所の男の子が海で死んだ。太平洋はわたしが知っていた瀬戸内海とはまったく違っていた。広い浜辺に大きな波が打ち寄せていた。何艘かの漁船が出て子供を捜していた。死んだ子供もたぶんこの海を知らなかったのだ。転校した学校には高等科があり豚を飼っていた。前の学校と同じような田舎の世界だった。言葉に困ったが、すぐなれた。漱石の「坊ちゃん」にでてくる言葉を乱暴にした方言から、ズラズラ弁になった。

九月に、富士山の初雪を見た。やがてＢ29を見るようになった。よく晴れた空で高射砲弾が破裂した。あたるのを見たことがなかった。防空頭巾というものを被った。高射砲弾の破片はものすごい勢いで落下し、頭の天辺に落ちると顎まで貫通する。毎夜、警戒警報が出て、つづいて空襲警報が出るようになった。ラジオはいつも御前崎南方洋上を敵機接近中としゃべった。B29は富士山を目標に接近するのだとうわさした。B29の編隊は清水市上空を通り過ぎて、関東地方に向かっていた。空襲警報が出ると、たたき起こされ庭先の防空壕に入った。毎晩のことで寝不足になり神経が壊れた。ある夜聞きなれない破裂音に目覚めて外に出てみると、曳光弾が頭上を飛び越えていた。艦砲射撃だった。担任の先生は相次いで出征し戦死した。国民学校を卒業して中学校に入った。進学したのは二、三人だった。卒業式も入学式も記憶にない。この街にはジュラルミンの工場などがあったから、爆弾も落ちた。学校まではかなり距離があった。広い道路の端に退避壕が掘ってあり、爆撃があると、そこに入って爆風や破片をよけた。爆弾が離れたところに落ちる場合はザーという音が聞こえる。至近弾や直撃弾は音が聞こえない。そういう知識を持っていた。そのうち清水市も焼かれた。港の倉庫群も焼け、みかんの缶詰が膨張し弾けた。その音が続いた。焼け跡に焼けた缶詰の山がいくつもあって、焼け残りを探している人たちがいた。

夏になって、母と弟二人は、岡山の父の田舎にひとまず疎開した。その後彼らは岡山市の焼けなかった母の実家に移った。わたしは十五日のラジオを聞き、下旬に父に連れられて岡山に移った。お城の上にある中学校に転校した。天守閣も校舎も焼けていた。焼け残った自動車小屋の奥で校長先生が面接した。氏名在学校を尋ねられ、答えると、ゆっくりものを言えと言われた。早口は駿河の方言なのだった。岡山弁はすぐできた。もともと父母の言葉だから、わたしは半分ネイティヴなのだった。父は清水へ戻り、その後生涯一緒に暮らすことはなかった。彼は各地を移動し、六つ目が横浜市の紅葉が丘というところだった。その後戸塚に家を建てた。

授業は城の石段や校庭の端の木蓮の木の下で受けた。冬になり、中央のホール部分の屋根が落ちた公会堂の廊下やロビーに移った。焼け跡の整地作業などに出された。

赤く焼けた瓦や壁土の堆積を片寄せていると、溝の中からうつ伏せになった女性の死体が出てきた。白くなって溝いっぱいに膨張していた。岡山市は六月二十九日の空襲で市街地の大半が焼かれ、二千人が死んだ。後にわたしと結婚することになる少女は、お城のそばの堤防下の水際で死体の列のそばで朝を迎えた。その近くの河原に永井荷風が逃れたことが「断腸亭日乗」に見える。

この年からの約二年間は、食料がなく、ほとんどの日が空腹で、栄養失調寸前だった。その飢餓感を忘れることができない。

母の実家を出て、焼け跡の掘っ立て小屋に母と弟三人と長く暮らした。学校制度が変わった。高校三年生の六月、朝鮮戦争が始まった。夏、別の場所に父が建てた小さな家に移った。突然高い熱が出て五、六日寝込んだ。秋になっても本復せず、病院に行くと肋膜の予後だった。乾性のものだから、結核にならないように注意せよと言われた。これは長くわたしの潜在的な恐怖となった。翌年岡山大学に入った。二年後弟が同じ大学に入ると、二人を残して母と下の弟二人は父のところに移った。

大学に入ってしばらくして掲示板で文芸部(サークル)の機関紙が原稿募集をしているのを見た。早速小説を書いて持って行った。岡山に来た頃から、わたしは本に熱中し、たえず読んだ。文芸書が大半だったが、活字であればなんでも読んだ。わたしの半分は脳の中の妄想と空想の世界に生きていて、あとの半分の貧弱な肉体が現実の中にいてその脳を支えていた。だから書く機会がくるとわたしはすぐに書けた。続いて三沢浩二、有元利行、坪井宗康、平島晋などの詩のグループ(サンキュロット・クラブ「日本正統詩派」→「開花感覚」)に入った。彼らは「荒地」を読んでいた。わたしも読んだ。

大学三年目の四月、文芸部一同は新入部員歓迎のピクニックに出かけ、海辺でボートに乗って遊んだ。わたしは平島晋と二人で乗り、気づくと潮が動き出していた。二人で漕いでも進まなかった。流されつつ少しずつ岸に近づいた。流れは岸の近くでは逆になることを知っていた。別のボートがみるみる波のかなたに消えていった。ボート屋では救助の船を出す手配をしていた。この頃三沢を通じて荏原肆夫、相良平八郎を知り、「囲繞地」に参加した。また内田栄一を知り、彼の「群雀」に小説を書き、文芸誌の同人雑誌評でほめられたりした。内田とは彼が上京した後も時々会った。

大学を出て、教員になった。結婚して、子供が二人。いつの間にか文学から離れ、二、三のゲームで時間をつぶした。また年間数十試合の草野球をした。肩以外に取り柄のないキャッチャーだった。

一九六四年、三十二歳、また詩を書き出した。その年の「現代詩手帖」九月号の「同人誌推薦作」欄に、「共和国」2号に書いた「夏・5月から8月へ」が出た。「現代詩の会」の最後の総会に出席したことをもとに長篇詩「旅のオーオー」を書き、これをメインにして、同名の詩集を思潮社に出してもらった。荏原肆夫に批評できないと言われ、唯一師と思っていた人だったので、こたえた。片桐ユズルがほめた。彼に勧められて自作詩朗読を始めた。六〇年代後半から七〇年代後半まで、わたしはほとんど活字で詩を発表しなかった。活字の詩から、既成の詩概念から、古い詩の書き方から、感度の鈍い詩人たちから、昨日のわたしから、わたしはイツダツした。


し続けた。朗読会は共感の場であり、詩が生きる場所だった。いやそれは幻想に過ぎなかったかもしれないし、いい気になっていたのかもしれないが、目の前にいる人たちに言葉を発しても、その言葉が単純に消えてしまう恐ろしさもあった。時代の潮が満ちていて、大勢の人が波間に浮かんであちらでもこちらでも声を発していた。気がつくと、潮はすっかり引いていて、薄日がさす干潟にごみや海藻のきれっぱしが引っかかった杭が一本立っていた。一九七八年、朗読した大量の詩を『カタログ・現物』にまとめた。もし朗読をしなかったら、わたしは詩を書き続けることができなかっただろう。

さて三十代の半ば、わたしは吐血して昏倒した。十二指腸潰瘍だった。ある家の二階に間借りしている頃だった。この家には片桐ユズルが来たことがある。

三十八歳の十月、現在の住んでいる家に両親が旅行の途中に立ち寄った。父はこのとき発病し、十二月に入院先の病院で死んだ。それからまもなく、わたしは交通事故にあった。トラックの前面が運転席のすぐ横にあった。わたしは腰から助手席にとばされ、そのあとから手がハンドルを離れた。車は大破したが、わたしは首がおかしくなっただけだった。そのときの記憶はスローモーションを見るようだが、ほんとうはそうではなく、視覚の解像度が上がり一定時間に見える量が増えたのだ。

以上の他にも一、二のことがあるが、ここには書かない。

死とは何だろう。わたしの周りの多くの人が死んだ。古い文学の知友もほとんど死んでしまった。上記に名前が出た人たちは片桐ユズルを除いてみんな死んだ。自作詩朗読の仲間の中山容も山下佳代も死んだ。若いときのわたしを知っている者はほとんどいない。そしてわたしには帰ることができる土地もないし、懐かしい訛りもない。わたしの衣食住のすべてには何の根拠もない。

必ず来る死によって生を考えるなら、生の根拠は失われ、生は相対化され、偶有的なものになる。生によって死を考えるなら、死は無に等しくなる。陽気に飾り立てた列車が陽気な人々を乗せて走っていくだけだろう。奇妙な考えが来た。死とは失われた過去だ。

＊この文章は、何人かの死んだ人についての記述に先立つ序の部分である。

「荒地の蘇生」ということ

――一九五一年版『荒地詩集』・擬似伝統・「アメリカ」

1

戦後の詩の歴史は、歴史というほどの長さはないだろうが、ひどくやかましい二十年のように思うし、それはいまでもつづいているようだ。しかし、このやかましさをこまかく聞きわけるなら、それを形づくるひとつひとつの声には、何らかの必然性もあるだろう。しかし、生まれ年や世代によってしか時代に関われないということが本当だとしても、それを絶対化して特殊化することをやめるべきでないか。われわれはもうあまりに長く、さまざまの課題を、通りすぎてしまった。

鮎川信夫『戦中手記』（一九六五年思潮社）は、わたしを個人的な過去の時へと向かわせた。〈一九五二年十一月〉。この日付は、一九五一年版『荒地詩集』（一九五一年早川書房）を手にしたとき、その表紙裏にわたしが書きこんだものだ。鮎川信夫というひとりの詩人の精神が戦前から戦後をつうじて、どのような姿をみせたか。それは単にこの詩人やこの詩人を含むグループ、世代の財産ではない。鮎川信夫が「遺言執行人」なら、われわれは彼の何だろう？ 以下、この手記が「荒地の蘇生」と名づけられていることに関わるにちがいない、いくつかのことについて書きたい。そして多く一九五一年版『荒地詩集』（以下『51年版』と略記）にふれていくことになるだろう。『51年版』は、「荒地」のそれ以前の仕事の集約、並びに出発点である。

2・1 「荒地」理解のカギ

「今まで刊行された「荒地」のアンソロジーには、かならずわれわれと時代を共にして死んだ詩人の作品が掲載されている。「荒地」を批判する最も重要な鍵、しかも現在のところ最も確かな唯一の手懸りに、まだ誰も触れた者がないということは、全く驚くべきことである。同時代的なものにのみ目を奪われて、眼に見えぬ感性の歴史を内包している縦の経緯を見落とした批判などは、詩の批評にはならないであろう」。

これは、一九五四年版『荒地詩集』にのせられた鮎川信夫の「詩人への報告」というエッセイの一節だ。「われわれと時代を共にして死んだ詩人の作品」とは、森川義信、牧野虚太郎、楠田一郎、永田助太郎の作品ということになる。ただし、「死んだ詩人」は上記四名に限られるのではないかもしれないし、またその作品のすべてが掲載されているのでもないだろうが、これらの詩人の作品が「荒地」のアンソロジーに掲載されているのは、なぜか、そしてそこにはどんな「眼に見えぬ感性の歴史を内包している縦の経緯」があるのか、問うてみたい。そして、これらに「荒地の蘇生」ということを関係づけることができたら、「荒地」について幾らかはわかったことになるだろう。

2・2

第二次大戦を生きぬいた——生き残ったことは「荒地」の詩人たちにとって何だったろう。それは彼らに何をあたえ彼らから何をうばったか。これらについては、彼ら自身によってたびたび語られてきたところだが、いまは、わたしなりに『51年版』の詩を検討することで明らかにしたい。

「一九四……年
　強烈な太陽と火の菫の戦線で
おれはなんの理由もなく倒れた　だが
おれの幻影はまだ生きている」
「おれはまだ生きている
　死んだのはおれの経験なのだ」

（田村隆一「一九四〇年代・夏」部分）

彼は戦火の中でなんの理由もなく倒れたが、死にはしなかった。死んだのは経験で、幻影はまだ生きている。ことは簡単であるかにみえる。しかし、果してそうか。それでは、経験が死ぬとはどういうことなのか。幻影が生きるとはどういうことなのか。そしてこの二つはどんな関係にあるのか。時というものが単に過ぎ去るものなら、人間にとって、それはあやめもわからぬ現在のつらなりに過ぎないだろう。それはたちまち流れさり、見えなくなり、聞こえなくなり、なにかのひょうしに、ひとつの思い出ばなしとしてよみがえる。このような思い出ばなしとして、戦争を語る声を、われわれはいやというほど聞かされた。そこではよわよわしい弁解もなく、人ごろしもなつかしく語られた。経験が死ぬとは、思い出ばなしとしてはよみがえらない、ということだ。それは経験の意味を問い、それをひとつの思想にかえることだ。経験が死ぬということがこういうことだとすると、それでは幻影とは何か、幻影が生きるとはどんなことか。それは、ひとつのヴィジョン——経験が思想にかかわることを可能にし、かつそのときそれに方向量を与えるような、また逆に経験の意味を問おうとするのでなければ、たちまち白昼夢に転落してしまうような、ヴィジョンだろう。したがって、幻影とは、闇の中の現実にはいくらもまさらないまぼろしなどではなく、人類という極限概念で考えられた未来の時にその実在が信じられるようなもの、といってよいだろう。そしてこの未来は、鮎川信夫が「現代詩とは何か」（『51年版』）で引用しているエリオットの詩句でいえば、すでに過去の中に含まれている。ひとりの詩人にそくしていえば、「なんの理由もなく倒れた」その経験のうちにあるだろう。「なんの理由もなく倒れた」とは、その根拠がない、あるいは見出しえないということだ。そういう経験の意味を問うことから、すべてがはじまる。

田村隆一の詩で「経験」と「幻影」について考えたが、これと同じことは他の詩でもいいうると思う。以下『51年版』から引用してみる。たとえば、北村太郎の「センチメンタル・ジャアニイ」の「なぜ人類のために、／人類の惨めさと卑しさのために、／私は部屋に閉じこもっていられないのか」。あるいは三好豊一郎の「防衛と意味」の「われらは正視し　答えねばならぬ」……「人間の領土を至福に向ってとき放つ／唯一の源泉への感得を。」あるいは黒田三郎の「時代の囚人」の「奪はれぬ何があなたの胸にあり／奪はれぬ何があなたの掌にあったのか／奪いかへされぬ何が……」あるいは中桐雅夫の「合唱」の「生き残ったものも死んだものも、／ともに虚しい仕事をつづけてゆかねばならないのだ」。……「人のいのちが永遠につながる限り」。あるいは鮎川信夫の……。「平安を知らぬことは、問いに発すること、（略）そして自らの生の認識を深めるために、忍耐強く知的探究を続けてゆくこと、――これらの切実な精神の努力によって、僕等は現代の荒地に立ち向ってゆかなければならない」。これは「Xへの献辞」の一節だ。『51年版』の詩はそのすべてがそうではないが、「現代の荒地に立ち向ってゆかなければならない」と考えている者たちの詩だ、とみてよい。つまり『51年版』は「荒地」というグループがひとつの精神的（文学的といってもいいが）共同体として存在したことの証明だ、と思う。ただし、いうまでもないが、わたしは「荒地」の詩人たちを一束にして、そこにいかなるちがいも見まいとしているのではない。さきに引用した詩句からもうかがえるように、彼らはその経験と幻影のちがいによって、さまざまの詩的個性を持ちながらも、「現代は荒地である」（「Xへの献辞」）という認識の一致によって、ひとつのグループとして存在した。さらにいえば、鮎川信夫が「詩人への報告」の中で「もし「荒地」もひとつの流派であり、傾向であって、〈荒地的〉などというものがあるのだったら、むしろ僕はいわゆる〈荒地的〉なものに反対しよう」というときの〈荒地的〉なものによって、「荒地」はひとつのグループなのではなく、「個々の詩人の業蹟を除外して、詩の運動の全体の意味というようなものは、僕にとって考えることができない」というときの「個々の詩人の業蹟」において、それらを現代の荒地に立ち向っている精神がつくりだしたものと判断するところから、「荒地」がひとつの精神的共同体として存在した、と考える。

それでは、なぜこのような「荒地」が存在しなければならなかったのか。これが以下の問題だ。ただし、このことについては、「経験」と「幻影」ということをかいたとき、いくらかはのべたつもりだが、以下は主に鮎川信夫にそくしてかいていきたい。

2・3　伝統――擬似伝統――縦の経緯

「現代詩とは何か」という鮎川信夫のエッセイの中に「詩と伝統」という章がある。これの2は、伝統の必要性をのべたものだ。伝統に意識的な少数の詩人が取りうる立場とし、日本的（東洋的）と西欧的との二つの立場があるとされ、そのどちらも根拠の薄弱な理由が具体的にのべてある。しかも第三の立場は存在しないといっている。そして「現代詩が無伝統的性格を帯びるのは当然ではじまるかなり皮肉な文章がつづいたあと、次のようにのべている。「伝統がない、ということは、価値に対する意識がない、ということと同じである。今日の詩人がなんらかの意味で自分の詩に価値を認めているとしたら、擬似伝統というべき、一グループ、一世代を辛うじて支えるに過ぎない信条から引出されているものと言えよう」。

これは、単なる皮肉ではない。二つの伝統の立場を根拠薄弱だといい、しかも第三の立場がないといった以上、鮎川信夫が取りうる唯一の立場は、ここにいわれている「擬似伝統」つまり「一グループ、一世代を辛うじて支えるに過ぎない信条」以外にはないからだ。このことは、「荒地」というひとつのグループの存在について考えるうえにかなり重要な意味をもつだろう。この信条がどんなものかは、「現代は荒地である」ということだし、2・2の前半にかいたことでいえば、そしてこれを田村隆一の詩のことばを借りていえば「泥の中の眼」で「夢み」ることだろう。ただこれから引出されているもの、すなわち価値が、どんな価値なのか、それを明らかにするためには、「荒地」の詩人たちの「個々の業蹟」のすべてをよまねばならないのは当然だが、いま指摘しておきたいことは、価値を引出している信条を持ちつづけることの困難さであり、もうひとつは、その信条そのものが相対的であるということからくる本質的な困難さだ。前者については、時というのはそれがどんなに微少なものであっても、人に何らかの影響を与えずにはおかない、ということ。持ちつづける主体が変わってしまえば、信条はことばとして残ってもそれに関わる態度はかわってくるだろう（このことにおそらく関連すると思われることを、鮎川信夫は去年の秋に書いていたし、それにふれた二、三の発言もよんだ。それらのことについて、その後の「荒地」つまり『51年版』以降の「荒地」とつなげて別に書きたい）。ところで、後者の困難さについてだが、これはかりに前者の持ちつづけることの困難さが存在しないと仮定してみれば、はっきりしてくる。「擬似伝統」、「一グループ、一世代を辛うじて支えるに過ぎない信条」は、これを持ちつづけていれば、「伝統」になりうるのかどうか。伝統についてはいろいろの考え方があるだろう。しかし、伝統の変わらない面だけを強調して、単に承けつぐことだけをつづけていれば、それが因習に落ちることはあきらかだ。鮎川信夫は「多くの現代詩がつまらない最大の理由は、いつも同時代性のみを強調して、永続的な価値のあるものを忘れているからである。」（「詩人への報告」）というが、前述のような「信条」から引出されている価値が「永続的な価値のあるもの」になる、あるいは擬似伝統が伝統になるためには、どれだけの条件がさらに充されねばならないことだろう。このことは鮎川信夫自身が一番よく知っているのではないか。だからこそ次のようにも書いているのだと思う。「如何なる時代の文化遺産も、それが一時代を代表するに足るだけの優秀なものであったとしたら、その完全な死滅が確認されるのはよほど困難である。」（「現代詩とは何か」のうち「詩と伝統」）。しかし一方、「一時代を代表」しないものがたどる運命だけは目に見える。それは死滅さえしない。そしてたとえ擬似伝統といわれるものであっても、それはわずかに個人をこえて、ひとつの時代をかすめとり、詩の永続的価値を作りだすこころみでありうるかもしれない。いま、われわれがなすべきことは、鮎川信夫が検討したわが国の伝統をもう一度検討しなおしてみることだろう。

さて、森川義信をはじめとする死んだ詩人たちの作品が「荒地」のアンソロジーに掲載されているのは、もはや単に埋もれた作品を掘りだすというようなことでないことがわかる。一歩ゆずってそうだとしても、重要なことは、彼らが「荒地」というひとつのグループを支える信条から引出される価値が死んだ詩人の作品に存在することを認めた、そのことにある。「荒地」の詩人たちはそれらの作品に、自分たちをもそれにつなぐ「眼に見えぬ感性の歴史」を感じとり、だからこそ、それらの作品は「荒地」のアンソロジーに掲載されているのだろう。そしてそれを感じとるためには、それを「内包している縦の経緯」が当然存在しなければならなかった。

戦前の「荒地」を知る手がかりは、いまのところわたしには、鮎川信夫の「戦中手記」と田村隆一の「若い荒地」ぐらいしかない。だから、これについてなにか確からしいひとつの判断を下すことには不安があるが、いまはその不安のうちに、戦前と戦後の「荒地」の関係を見るなら、結論として後者は前者の蘇生したものと考えてよいだろう。戦前の「荒地」は戦後の「荒地」によってしか意味づけることができないだろう。このことはもし戦後の「荒地」が存在しなかったら、われわれは戦前の「荒地」にどれだけの関心を向けられるか、それをわが国の詩の歴史の中にどの程度に位置づけて考えることができるか、ということとも無関係ではないが、それよりむしろ、戦後のあるいはそれに近い時点に立ったとき、つまり第二次大戦を生きぬいた、あるいは生き残った時点に立ったとき、「荒地」の詩人たちに、戦前の「荒地」というものの意味が彼ら自身にあきらかになったということだ。「縦の経緯」ということがあるなら、それは、戦前、「荒地」というひとつのグループがあり、それから戦争があり、それから死んだ者と生き残った者の区別ができ、それからまた「荒地」というグループができたというようなことではかならずしもない。「縦の経緯」を「縦の経緯」となしうるもの、それが戦後の「荒地」の存在に他ならない。鮎川信夫や「荒地」の詩人たちが、こういう縦の経緯を自覚したとき、それは同時に擬似伝統の存在を確認することでもあった。そして森川義信たちの作品に「価値」を見出すことができた。あるいは、こういうべきかもしれない。擬似伝統の、縦の経緯の、一グループ、一世代を支える信条の、眼に見えぬ感性の歴史のそれらの具体的――詩的存在として同時にそれらの存在のシンボルとして、彼らの作品は、「荒地」のアンソロジーに掲載された、と。さらにいえば、「荒地」の蘇生ということのシンボルでもあるだろう。

2・4　〝荒地〟であることによって――「死んだ男」――「アメリカ」

「ああ、それにしても今日は、なんと昨日と違ってゐることだろう。我々はもうMもK・Mも持ってゐない。彼らは死んでしまったのだ。（略）そして今はまだ喪ひつつある途中なのだ。僕も君も明日はMやK・Mの所へ行ってゐるかもしれない」。

「無数の変化しなくなったものの堆積が、我々に新しい生を覚醒させるときがある。〝荒地〟であることによってMも、K・Mも今日に存在しつづけることが出来るやうに計る者は、すべて「死」の理解者であり、無名にして共同のものの讃美者であり、優れた個人たり得る者である」（鮎川信夫『戦中手記』「荒地の蘇生」）。

「〝荒地〟であることによってMも、K・Mも今日に存在しつづけることが出来るやうに計る者」の姿を、すでにあまりにも有名な「死んだ男」という詩の中に見出すことは、やさしい。

たとえば霧や
あらゆる階段の跫音のなかから、
遺言執行人が、ぼんやりと姿を現す。
――これがすべての始まりである。

しかし、この遺言執行人はどんな遺言をたずさえているのだろう。そしてそれをどのように執行するのか。

その遺言は、この詩にあらわれる「M」を森川義信とみなすなら、それはあるいは一通の便りかもしれないし、いまもなお鮎川信夫の胸中に深く秘められているあることかもしれないいし、あるいはそんなものはないのかもしれない。そしてわれわれは、この詩の最後の二行、「Mよ、地下に眠るMよ、／きみの胸の傷口は今でもまだ痛むか。」に収斂していく心情によって、この詩を理解することになるだろう。また、その過程において、あざやかに書きこまれている「遠い昨日」の情景を、作者がMと二人で共有した時間として理解することになるだろう。しかし、わたしはMが森川義信その人とは、考えない。この詩を個人的ないきさつの中にとじこめたくないのだ。Mは森川義信をも含むもうひとまわり大きいものだ。そして実際は「遠い昨日」の情景が、特定のMと鮎川信夫とのいきさつに関わるものだとしても、それを彼ら二人をも含めたもうひとまわり大きいもの、つまり戦前の「荒地」のイメージとみたい。このように見てくるとき、「たとえば霧や／あらゆる階段の跫音のなかから、」の「たとえば」、「や」、「あらゆる」の意味をより理解したことになるだろう。遺言執行人は、特定の時も所ももたない。彼は時代の中から時代の中へ現れる。彼は時代の子であり、だからこそ彼の運命は〈荒地〉のうちにある。

とはいえ、ためらいはまだのこる。それは「M」に呼びかけ、問いかけるのに、鮎川信夫は「荒地」の蘇生を必要としたか、ということだ。Mや戦前の「荒地」や、それらすべての重いものを、今日に存在させつづけることが出来るように計りえないほど、鮎川信夫というひとりの詩人の〈荒地〉は弱いものではなかっただろう。こうみてくれば、戦後の「荒地」は、つまりは「荒地」を蘇生させるということは、鮎川信夫にとって、二義的な意味しか持ちえなくなってくる。ここらで、わたしは『戦中手記』の、まず歴史がみちびかれ、その後で「芸術」が呼びこまれた「場」というものと「我」の形成についてかかれた個所（一〇四～一〇五頁）などを引用して、必ずしも上記のように考えなくてもよいというべきかもしれないが、ここでは、「アメリカ」という詩をみることによってそれにかえたい。

まず『鮎川信夫全詩集』（一九六五年荒地出版社）と『51

年版』との、どちらのコンテクストでこの詩を読むべきかを問うことからはじめたい。『全詩集』のコンテクストで読むことは十分可能なことだ。ただ、このコンテクストそのものが、『51年版』のコンテクストに含まれている。「アメリカ」という詩において、二つのコンテクストは交っている。

「アメリカ」は三つの形をもつ。それを『全詩集』のあとがきで知ったのだが、「純粋詩」に発表されたものは見ることができないが、『51年版』のと『全詩集』のとを比べてみると、後者は〈アメリカ〉を理解するうえに、より手懸りの多いものになっている（書き加えられた行の中の「われわれのアメリカはまだ発見されていない」に、鮎川信夫の「幻影」が生きつづけている、そしてそれが「熱烈に夢み」られているかもしれない、とわたしは思った）。

「アメリカ」の構成は三つの部分からなっている。第一は、戦前の「荒地」とみられるものがもっていた観念、およびそれ自身の消滅のいきさつ、「戦争」、「Mの死」と「僕」の決意などがかいてある。いわば「荒地」の死と蘇生にかかわる部分とみてよいだろう。第二は、一九四七年の一情景で、「僕」と「三人の友である大学生、詩人、独身者」がでてくる。「僕」は「M」に「彼らが剝製の人間であるかどうか／それを垂直に判断するには／僕たちに君の高さが必要なのだろうか?」と問う。三人の友は三様に語り、「また明日会いましょう／もしも明日があるのなら」といって別れる。彼ら三人は三人であるとも僕の分身であるともみえる。この部分は、蘇生した「荒地」のイメージとみてよい。第三は、ひとり残された「僕」のモノローグ。「僕」の熱烈な夢。ただし「僕」とは「憐むべき君たち（三人の友）の影にすぎ」ない。この部分の時間は、第二の部分につづく時間だが、その内容（夢）によって、深く未来の時にかかわっている。そしてまたこれを書いている現在の鮎川信夫、あるいは『51年版』以降の「荒地」の姿を予言的に示している。なお、「僕」と「僕たち」の使いわけは、「荒地」というグループとその中での「荒地」の詩人を考える上に、たいへん暗示に富んでいる。

「アメリカ」は、あらまし以上のような詩だが、これを

「荒地」というグループの運命の上に重ねて読もうとすることは、あるいは強引すぎることかもしれない。また「三人の友」が語る部分についても、言うべきことはもっとあるだろう。しかし、この詩を『51年版』のコンテクストの中において読むとき、はっきりとわかってくるのは、「荒地」なしには、この詩はかかれえなかった、ということだ。この詩には「アメリカ覚書」という文章が付されている。その中に、「私はこの作品でかなり烈しく剽竊をやった。」という記述がある。これは、「アメリカ」の中のいくつかの詩句が、ざっと調べたところで同じ『51年版』では、田村隆一、黒田三郎の詩句、死んだ詩人では、永田助太郎の詩句、それから森川義信の詩句かあるいは何かのことば、それに鮎川信夫自身の詩句と同じか、ほとんど同じなことを、さす。「ヒョーセツ」ということばが与えるだろう印象によって、ことの意味を見あやまってはならない。ここでヒョーセツと呼ばれていることは、わたしなら本歌どりと呼び、パロディのうちにふくめてしまうようなことだ。ヒョウセツと呼ぼうと、本歌どりと呼ぼうと、パロディと呼ぼうと、それについて論ずることは、どうしても伝統論につながってしまうのだが、鮎川信夫の意図は、つまりなぜ「ヒョーセツ」したかということは、「荒地」の蘇生、あるいは「MやK・Mを今日に存在しつづけることが出来るように計る」ことをぬきにしては考えられない。そしてこれの意図は十分に実現している。それらの詩句は、なんと「アメリカ」全体の中に溶けこんでいることだろう。もし覚書が付されてなく、そして「荒地」についてのなんらの知識をもたずに、『51年版』のコンテクストでこれを読んだとしたら、われわれは首をかしげて、鮎川信夫がヒョーセツされていると、みるかもしれない。このことは、鮎川信夫の勝利を示すと同時に、「眼に見えぬ感性の歴史」と擬似伝統の存在と、それらを共有するひとつのグループの存在の証明でもある。

3

以上、「荒地」の蘇生ということを、『51年版』や〈擬似伝統〉や「アメリカ」などにかかずらわってのべてきたつもりだ。それでは、それから「荒地」はどうなったか。いまは、Mに呼びかけ、問いかける「場」は――経験の意味を問い、幻影をみる「場」は、鮎川信夫にも「荒地」の詩人たちにも、失なわれてしまったが、目に見えない〈場〉まで失なわれてしまったわけではないだろう。かれらのあるものは深化し、あるものは風化したのかもしれない。しかし、いずれにせよ、かれらひとりひとりの詩を検討しようとするとき、『51年版』のコンテクストを考慮しないわけにはいかないだろう。

　まるで呪文によってよみがえらされたように、「M」はいまもそこらを歩きまわっている。そして、とりわけ「荒地」の詩人たちの寝顔をじっとのぞきこんでいることがあるだろう。死によって生を考えることは、あるいは意味のいつだつかもしれない。しかし、われわれは「今はまだ喪いつつある途中なのだ」。無数の「M」が死んでいくことだろう。そしてわれわれが、彼らを存在させる方途について考えるとき、もはやだまって「荒地」を通りすぎていくわけにはいかない。「荒地」の詩人の課題は、「M」を「死なせてやる」ことだろう。なぜなら、そのときはじめて〈荒地〉は消滅するだろうから。そしてもちろんわれわれの課題はそれと、無関係に存在するか?

ノート

＊「共和国」第九号（一九六六年二月）掲載。「共和国」は、一九六四年四月史木始と秋山基夫によって創刊された。二号から西中行久と中田喜美が加わり、四号から史木が去り、谷口靖彦が加わり、七号から発行所が谷口に移り、一九六八年八月十号で終刊。

＊本文中出典の明記していないものは、当時の雑誌などで読んだものと思われる。この文章は、「荒地」の仕事についても、鮎川信夫『戦中手記』についても、思想――詩人がモラルを賭した思想の問題として、そしてそれを詩の問題として読むことを逃げている気配がある。

（『引用とノート』一九九六年ブロス刊）

西部講堂のアレン・ギンズバーグ

ギンズバーグは、まっすぐこっちへ向ってくる詩人だ、と思っていた。

彼のことは、六〇年代半ば、片桐ユズルのチャンネルで知った。なかでも「吠える」のレコードの声がすごかった。ケルアックもファーリンゲティもスナイダーもそれからレクスロスも、実物をきいたのはあとの二人だが、彼らはみんな、いい声をもっている。ギンズバーグの声は、いくらか高くてのびがあってゆたかで、大量のことばがこっちへ向ってくる。野外でロックバンドと同じプログラムでも大丈夫だとたしか中山容からきいた。

インドで、バウルと呼ばれる吟遊詩人がいるが、その中の偉大な老バウルが病気でねていて、その嘔吐物を、ギンズバーグは素手で始末したという話がある。こういうエピソードは、彼と世界との関係で、彼が対象に直接的に関わっていることをわからせる。

一九六七年一月発行の「現代詩手帖」誌には、「ウィチタ渦巻経」が片桐訳で出ているが、これは『Peace News 271966』から急いでもってこられた日本語だ。今この号の他のページをめくってみて、この詩だけが突き出ている。アメリカはなぜベトナム戦争を始めたか。「われわれのほとんどすべてのことばは戦争の重荷をおう」とその六百行ちかい長詩の中の一行は言うが、このようにストレートに時代とコトバの関係をのべた場合を他にほとんど知らない。「カデッシュ」を諏訪優訳でよんだとき、もちろんますます彼がまっすぐに向っていく詩人であると確信した。

一九八八年十一月二日、京都精華大学でのアレン・ギンズバーグの講演会で、彼は彼と東洋の関係について語り、さいごにそれはNothing!だとしめくくった。この講演はでだしからユーモアにみちていて、冗談をいうギンズバーグはきっと悪魔にとりつかれているのだとわたしは勘違いしてしまった。それくらいわたしは彼をくそまじめにとらえていた。

翌三日、リハーサルをするギンズバーグを見た。彼はマイクのテストをくりかえした。それは徹底していた。彼は可能な限り自分の声に近い〈聞こえ〉を欲していた。電気仕掛けの〈声〉はやり方しだいで、どうにでも拡張してしまう。それを拒絶して、生身の自分をぎりぎりのところで手離すまいとしていた。

「HOWL　吠える　森が　水が　人間が」と題されたこの朗読会のプログラムは、第一部がヨシダ・ミノルのパフォーマンス、岩倉獅子舞、大村カズや内田ボブらの歌で、午後三時半から始まって、二部は山里節子の石垣島からの挨拶とユンタがあって、サカキ・ナナオの朗読があって、ギンズバーグが出てきたのはすでに七時十分頃だ。中休みがあったとはいえ、身動きできないぎっしりの観客の中で、猛烈なプログラムに相当まいっていた。

西部講堂は、前衛芸術のメッカと言う人もあるが、野良猫がいっぱい住んでいる。壁も床もドアも窓も床下もあらゆるところ破れ目があって、彼らはきままにくらしている。そして天井はほとんどすべてはぎとられていて、これは吊るしたいところにしょうめいを吊るしたことによる。そしてすべての壁の落書。舞台はもともとそんなに広くないが、前の公演がその全面にまわり舞台を仮設して、それがそのまま残してあって、おしかける観客は、ギンズバーグとサカキ・ナナオや片桐ユズルのまわりをすこし残して、三百人ぐらい両側とうしろに坐った。舞台のすぐ下は立見で、西部講堂には椅子席はないから、残りは体を寄せあってぎっしりそのうしろに坐りこんだ。千人ぐらいいいた。

前日の講演では質問の時間も彼は一人で喋りつづけたが、大部分は地球の破滅の危機についてだった。十月三十日の「毎日新聞」のインタビューでは「環境破壊は大きな戦争だ」と言った。石垣島で計画されているジャンボ・ジェット機用新空港は美しいサンゴ礁を見るための観光客を運ぶためにサンゴ礁の上に建設するという、ハイパー・テクノロジー文化のジョークだと言った。「鳥の脳みそ」は、サカキ・ナナオの日本語訳の朗読と一行ずつ交互に朗読されたが、クソバカが世界中でクソバカをやっていることの列挙の中に、石垣島でのクソバカも入っていた。六月三日に、「石垣島・白保のサンゴ礁を救え！」というチャリティのポエトリ・リーディングがサンフランシスコで行われ、ギンズバーグ、スナイダー、マイケル・マクルーア、ジョアン・カイガー、ナナオ・サカキが参加した。

十一月三日、西部講堂にはいわゆるエコロジストが集合して、やかましく何かやった、というのは一つの見方だが、〈モロック〉が棲みついている場所からそれを追い出し、われわれがパラノイアから自由になることを考えないとしたら、ギンズバーグの歌も詩も話も何一つきこえてこなかったろう。

アレン・ギンズバーグは年とっていたが、元気がよくて爆発する声で人々を元気にした。

ノート

＊「防虫ダンス」第八号（一九八九年二月十日編集発行加藤健次）掲載。この日、三百人ぐらいは外国人だった。中山容が、彼らはアメリカで彼をきくことは広すぎて遠いからむずかしいが、ニホンだとかんたんに来れるのだと言った。前夜、西部講堂の放送局から、それは一キロか二キロしかとどかない電波だが、朗読会の宣伝をした。林みどりの担当の日で、「ほんやら洞の詩人たち」のレコードをかけたり、むかし話なども少しして、人が少しでも来るようなことを考えていたが、当日はむちゃくちゃに人が来てしまった。ギンズバーグのリハーサルをつぶさに見たり、楽屋にあてられた部屋で、ここも落書きだらけだったが、ごくま近くで彼を見たり、わたしは幸福な野良猫だった。
＊「防虫ダンス」加藤健次編集発行一九八七年創刊一九八九年八号で予定通り終刊。毎号百〜百十ページ、多くの書き手が寄稿した。

（『引用とノート』一九九六年ブロス刊）

作品論・詩人論

詩の現物

片桐ユズル

　わたしの小学校の同級生にイイダ君というイケメンの子がいて、彼は「声楽」を習っているというウワサだった。その彼が音大の入試の準備中だったか、落ちたときだったか、入ったときだったか忘れたが、クラス会で会ったときに彼は熱っぽくシューベルトの歌曲の美しさを論じ、「あー、失恋したい！　失恋して、あのような美しい歌を作りたい」といった。

「そんなばかな！」とわたしは思った。良い人生をすることのほうが芸術よりずっとたいせつじゃないか、と。しかし、どちらにせよ、「経験」をキイワードにして芸術を考えるという、わたしたちはロマン派だったのだ。

　しかし秋山さんは経験しないことを詩にしたので、ぶったまげた。

ふたりで
夜露をふんで
歌ったことはなかった

サクラの花が散りつづけ
風が花びらをとどけてくれる
午後もなかった

波が金色にひかり
ふたつの影が並んで立っている
そんな海辺の宵もなかった

裏通りのせまい空の下
約束のことばは
くらしの裏うちに使いはたした

去ろうと
残ろうと
ひと夏はすぎた

それを語るものは
風鈴のしたの
枯れた朝顔の鉢をすてにいく

「縁日」と題する、この詩は、今回のこの選詩集にはえらばれなかったが、『古風な恋唄』（一九八〇年）に収録されている。この詩人には空を飛ぶような大経験はなく、「毎日がお天気のボリビアの／赤い大きな太陽のしたを／あなたは自分で織った布をきて」（「いまは」同書所収）あるきまわったかもしれないひとと三年たって会えたとしても、「それだけのこと」で、

ときめきもなくたかぶりもなく
失われることも惜しくない短い時間がすぎて
じゃあといって
別れた

と、あくまでも日常経験の地をはっている。そうそう秋山さんには『カタログ・現物』（一九七八年）という詩集があった。ドン・ジョバンニは「カタログの歌」で数々の女とうまくいった達成を列挙した。じつは、名前をリストアップすることで、あの高められた経験を呼び起こす、古代からの伝統的詩法として、たとえば祝詞だったり、聖書の「詩篇」がそうだ。近代ではウォルト・ホイットマンがアメリカン・ドリームをくりひろげた。アレン・ギンズバーグの「吠える」は果たされなかったアメリカン・ドリームの幻滅を列挙した、ネガのホイットマンといわれる。「吠える」がつくられる直接的刺激となったのはケネス・レクスロスの「汝殺すなかれ」で、一九五三年に死んだディラン・トマスを追悼して、詩人たちの悲惨をカタログした。

　一九六六年の十二月だかに、わたしは秋山さんを神戸の松蔭女子学院大学のＬＬ準備室に招いて、午前中ずっとレコードを聞いてもらった。ギンズバーグ、ロレンス・ファーリンゲティ、ジャック・ケルアック、ケネス・レクスロス、ケネス・パッチェン、Ｔ・Ｓ・エリオット、ディラン・トマスなど。のちに秋山さんは書いている。

これらのわたしにはわかりえない声がわたしに示したことがひとつあった。それは――活字以外の世界に詩がゆたかに存在すること。

レコードをきき疲れて、彼はわたしに詩をよむようにすすめた。そこにあったわたしの「秋の色」（『パイナップル通信』思潮社、一九六七年）というのが、あまくかなしくてすきだと言った。はじめてひとの前で詩をよんだ。はずかしかった。よみおわるとテープを再生してきいた。はずかしかった。テープをきくことの自己嫌悪を味わい、わたしは自分の存在自体がはずかしかった。

こんなふうにしてわたしの詩の朗読ははじまった。近くでぽつぽつ朗読会をひらいたりしてやっているうちに、ずいぶん遠くまでよみにでかけるようなことになっていった。

（『カタログ・現物』あとがき）

『カタログ・現物』というタイトルがどこからきたかというと、それはたぶんギンズバーグやゲーリー・スナイダーなどビート詩人たちや、彼らの先輩であったケネス・レクスロスなどがいっていたことだが、楽譜はたんなるメモであって、音楽それ自体ではない、と同様に字に書かれたものは楽譜みたいなものであるという考えだと思う。詩の現物は口から発せられた瞬間にあり、それは「もちはこべない」が、仕方ないから「カタログ」でこんなことをやっております、と見せるよりほかはない。わたしたち聴衆は秋山さんの詩の現物が面白くて面白くてたまらず、もっと、もっと、とせがんだ。しかし秋山さん自身は『カタログ・現物』のあとがきで書いている。

わたしは、はじめのころは、よみながらひどく孤独だった。人前でひとりごとをいっていると感じた。ひとりごとでもいいのだが、そのころのわたしはひとりごとでないことをいいたいと考えた。たぶんこうしてわたしの詩はかわっていったと思う。わたしは外国の詩人はわからないからほどんどよまないが、この頃、ファーリンゲティを熱心によんだ。辞書をよみながらよんだりした。

わたしたちはギンズバーグよりファーリンゲティのほうがわかりやすく、面白くてたまらず、中山容とわたしは『ファーリンゲティ詩集』(思潮社、一九六八年)を訳したりしていた。それの方法論は「くずやのオブリガート」のように、しようもないもののカタログ、いわばポップ・アートのようにキャンベルのかんづめを並べたようなものだ。『カタログ・現物』のあとがきにもどれば、

こうしてまず「朗読会にいく朝のできごと」ができた。「プロパガンダの詩の……」などができた。いまみるとこれらの詩には、詩を朗読すること自体についての極度の緊張がある。なにかとてつもないことを企てているつもりの人の滑稽がある。詩を朗読することが特別のことでもだいそれたことでもないのだとわかってしまった今にはないコーフンがある。たしかに、詩を朗読することは詩にとって当然のことである。しかしそう考えていない詩人の人も多いので、わたしは勝手に苦戦悪斗してきた。中村哲はわたしのことをドン・キホーテだといったが、尊敬する人にたとえられてうれしいけれど、プラスティックのばけつをかぶり、釣ざおのやりをもち、十段変速の自転車にまたがって、広告塔に突進するぐらいのことはしたかどうか。話をもどして「日本語は乱れて……」をかいたころから、わたしにとって詩を朗読することは「ちょっとそこまで」といったかんじになってきた。

ファーリンゲティの最高傑作のひとつはなんといっても水爆実験の死の灰に抗議した「アイゼンハワー大統領弾劾促進晩餐会の暫定的解説」だが、それが一九五八年にバークレーで朗読されたとき、聴衆は一言も発することができず、聞こえた拍手は読み手自身のものだけであったというほど、困ったことだったのだ(fantasy 7004、ライナーノート)。当時冷戦下のアメリカでは放射能のおそろしさについて一般にはほとんど知られていなかったという、なかみの問題があったと同時に詩はプロパガンダをしてはいけないという、文化の垣根をのりこえてはいけないという考えが強くあったのだ。文化全体の枠組み

を変えないかぎり、自由にはなれないことがわかり、「体制」に目がむかい、わたしたちは反体制の「自前の文化」をつくらねば、という思いが出てきた。

すでに一九五五年にはギンズバーグが「吠える」を朗読してセンセーションをまきおこしていたアメリカ西海岸であってさえ、水爆実験の「きのこスープ」が出される晩餐会のメニューに聞き手はとまどうような状況であった。一九五四年三月のビキニ環礁での水爆実験による第五福竜丸の死の灰の被害は日本では知られていたが、アメリカではまったく知らされていなかったのだ。そのご十年ほどたってから、こんどはアメリカの反戦運動から多くを学んで、日本では一九六〇年代後半に反体制運動の盛り上がりがあり、詩の朗読を求められる機会も多くなった。しかし総括は波が引いたあとに来る。

一九七一年三月に秋山さんはカセットテープの詩集を作った。一九七三年暮れには秋山基夫・有馬敲・片桐ユズル・中山容共著で詩と評論集『オーラル派宣言』を出した。B4のザラ紙に手刷りのコピー印刷で、活字でないことを示したかった。一九七五年には秋山・有馬・片桐のLP『ほんやら洞の詩人たち』がURCレコードから出た。一九七九年には片桐ユズル・中村哲・中山容共編『ほんやら洞の詩人たち』が晶文社から出た。その本の「紙上ほんやら洞朗読会」から再現すると、

司会　さいごに、秋山基夫さんです。秋山さんはいま日本で生きているもっとも偉大な詩人のひとりだとおもうのですが、偉大な詩人というものはたいてい生きているときは認められなくて、死んでから「うさぎ」という詩が国語の教科書にのったりするものです。そういうと秋山さんはたいそう悲しそうな顔をするのですが、それはぼくがわるいんじゃなくて、世の中がわるい。ぼくは機会あるたびに思潮社にも思想の科学にも高見順詩賞委員会にも言いつづけているんですが、東京の編集者や批評家のアンテナがわるい。(…)
やじ　ユズルさんがすいせんしたりしたら、もうそれだけで、あかん。

秋山基夫

結婚パック

わたし結婚します
卒業して　二年以内に
もちろん　できればおつとめにでます
いろいろ　世の中のこと勉強したいし
いちどは　海外旅行もいきたいし
もすこし　お茶とお花もお稽古しておきたいし
クッキングも習うつもりです
いい結婚したいと思ったら
ぼんやり日をすごしていてはいけないと思うんです
ちゃんと自分を豊かに向上させて
結婚してもいいと思う異性に出会ったとき
そのひととちゃんと結婚できる資格をつくっておかな
　いと
そのときになってあせってもだめだと思うんです
卒業証書だけではだめだと思います

大学になにしにきたのかわからないと思うんです
いろいろ言うひとがいますが　いい結婚をしないとい
　い人生は手に入らないと思います
ばかみたいに週刊誌の結婚のゆめばかりみていてはい
　けないと思います
若いうちは愛していればそれですむかもしれないけど
みんな年をとるのですから
子供だって生れてくるのですから
ちゃんと理性的に考えておかないといけないと思いま
　す
それに愛といってもいろいろあると思うんです
ちゃんとした基礎がない愛は結局こわれてしまうと思
　います
一年間世界一周豪華客船の旅まではいかなくても
せめて三〇日間ヨーロッパ一周空の旅ぐらいの結婚を
　するつもりです
山陰ズワイガニ味覚の一泊観光バス旅行なんてみじめ
　です
ですからいろいろと自分を豊かに向上させて資格をつ

くるつもりです
資格がない人間は権利はありません
卒業証書やお稽古ごとのほかにも
人間もみがきます
どんな風にみがくか
どこをみがくかよくわかりませんが
まじめに頑張っているのだから認めてほしいと思います

「言ってごらん！　考えではなくて、物で」といったのはビート詩人たちの大先輩ウィリアム・カーロス・ウィリアムズだったが、秋山さんは自分の考えのことばを発さない。ただひとびとが社会通念的に発することばを物のように並べてみせる。すると、並べられた物と物の関係から立ち上がってくる何かがある。

わたしが一九六五年に東京から神戸へ移ってまもなく秋山さんに連絡をとったのは、わたしが同人詩誌の月評をしていたときに見かけた、さっそうたる一行があったからだ。わたしは「W・H・オーデンからのエコー」が聞こえたと思ってよろこんだが、秋山さんは何がエコーだかと思ったようだ。しかし今回の選詩集で秋山さんの出発が『荒地詩集』へのこだわりにあると知ったので、それほど見当ちがいではなかったのだ。秋山さんも、わたしも、りっぱなことばを残したいと思って、荒地派の詩人たちのいうことを気にしていたのだった。しかし結局、秋山さんがいうには、

朗読をしなかったら、わたしは詩を書き続けることができなかっただろう。（「海へ」）

何ひとつあきらめない
――秋山基夫に関する十三のメモ

福間健二

1　秋山さんは、とにかく書く人だ。ただ積極的に原稿を生産するというのとはちがった意味をこめて、そう言いたい。彼の場合は、「とにかく」というのが常態であり、大げさにいえば思想的な態度としてそうなのだ。なぜ書くのか。それが人生のなかでどういう位置を占めるか。きっと、そんなことは問題にしなくていい段階に踏み込んでいるのだろう。態度というのは、そういうことだ。とにかく書く。書いてしまう。当然、たくさん書く。長い道のりを歩いて、だんだんそうなってきたのかもしれないが、詩作品も批評もエッセイも雑文も、まるで区別がないかのように、とにかく書く。たくさん書く。秋山さんは、国語の先生をやってきた。文学史も、詩人たちの動向も、見えている。だから勉強の成果が出てしまうこともある。しかし、そこに重点はない。とにかく書く。できるかぎり、「普通の人」の暮らしている街の言葉、身のまわりにある言葉を使って。

2　詩人で、詩以外の原稿をたくさん書き、本も多く出している人はいるが、たいていは詩とはあまり関係ない領域にも手を出して、それができている。秋山さんは、散文の場合でも、あくまでも詩を中心に、詩に関係のあることだけを書く。念のために言うと、ウーンウーンと唸って書いていない。そう見える。詩に関係のあることだけを書いて、力みもなければ、苦労したという表情も見せない。すべて、余力を残してそのあとにさらに詩を書くためなのだろう。疲れているわけにはいかない。しかし、それにしても、なぜそんなに詩、詩、詩なのか。詩を書くことが好き。詩を書くことで自分を支えている。もちろん、そうだろうが、そういう理由にかさねて、あえて情熱の出所を特定すると、「世界に関する巨大な一つの物語」に向かわなくてはならないからなのである。その巨大な物語Nのことは、『家庭生活』（思潮社、二〇〇四年）の「編集のためのメモ」に出ている。秋山さんは、たぶん言いたいのだ。自分の書く作品の一篇一篇がひとつの全体であり、それをまとめた詩集もひとつの全体であるが、それはまだ〈人によってすでに語られたこととまだ語られないこととの全体である〉Nのごくごく一部分にすぎない、と。つまりは、そのNにすこしでも迫りたい。書くことで。書きつづけることで。『家庭生活』の「あとがき」にある言い方を使えば、〈ある考えや計画のもとに書いてきたものをまとめる〉という、いわばコンセプト・アルバムの方法による詩集を作りつづけることで。

3　コンセプト。つまり、ある構想が、ひとつひとつの作品の書かれる前に用意されている。そういう構想力。それは、何よりも、一冊ごとに「まとまった世界」を生みだしてNという全体に立ち向かおうとするためのものだ。秋山さんの動員したい「普通の人」の言葉が、その構想力と出会って、何倍もの効果で活きる。そんな出会いをやすやすと可能にしていることに、わたしは舌を巻く。わたしの好きな秋山作品のひとつ「それだけのこと」の、〈ときめきもなくたかぶりもなく／失われることも惜しくない短い時間がすぎて／じゃあといって／別れた〉という別れをさかさまにしたような、あっさりした出会い方で、詩集『古風な恋唄』（思潮社、一九八〇年）からはじまったその試み。そこからここまでに、この詩人は何冊の「世界」をつみかさねてきたことだろう。人は、もっとおどろいていい。こんなに多くのコンセプト詩集（と呼ぶことにしよう）を作った詩人は、少なくとも日本の詩史の上では例がない。入沢康夫も、コンセプト詩集の人であるが、これほどの数は出していないだろう。

巨大な物語N。〈その全貌は誰も知らないし、知ることもできない〉と秋山さんは言うが、秋山さんの仕事の全貌を語るのも大変である。本書は、一九九八年に出た自選詩集『キリンの立ち方』（山陽新聞社）の一面を踏襲しながら、もっと大きくもっと有機的な全体であろうとしている。それでも、彼の仕事のごくごく一部でしかない。たとえば、一千行の長詩『夢ふたたび』（手帖舎、一九八三年）が入っていない。でも、ここから、秋山さんの詩集たちが合わさって何をつくりだそうとしているかを想像してもらいたい。それは、さらに膨大になってゆくだろうが、ただの「全詩集」「全仕事」とはちがう構造の全体であるとともに、全体を語ることへの欲望につらぬかれたものになるはずだ。全体を語ることへの欲望。それは、今度あらためて気づいたのだが、「発生論」や「夏・5月から8月へ」のような、明るく平易な言葉が並びながら複雑な一九六〇年代の詩から、はじまっている。

4　秋山さんは、自作詩の朗読を積極的にやってきた詩人のひとりだ。「オーラル派」の一員として活動し、その運動が終息したあとも朗読をつづけ、朗読をめぐる理論的な考察をおこなっている。詩集『カタログ・現物』（かわら版、一九七八年）は、活字よりも声で発表する作品の方が多かった時期の作品を集めたものだが、それが出た翌年、一九七九年にも、彼は十三回朗読をやり、そのなかの一回は彼と出会ったばかりのわたしも一緒に朗読したと、そのエッセイのひとつで知った。記憶のなかの、その朗読会でのわたしは、朗読する秋山さんとの接点をさがすのに苦労している。もちろん、年の差もあるし、歩いてきた方向も歩いてゆく方向もちがう。しかし、一九八〇年代、わたしたちは、この文化のある部分への怒りをはっきりと共有した。そう思っている。いま、わたしは、朗読に関して、その目的が〈詩を本来の姿で存在させること〉だという最重要点でぐらつくけれど、それをのぞいて、秋山さんの言うことすべてに納得が行く。どうなのだろう。『引用とノート』（ブロス、一九九六年）と『詩行論』（思潮社、二〇〇三年）に収められた彼の朗読論を、詩人たちはちゃんと読んでいるのだろうか。耳で聞いてわかることよりも、わかりやすいメッセージがあることよりも、コラボレーションでなにかを生み出すことよりも、朗読で大切なのは、詩の一行の長さを決めるものとおなじく、息なのだ。そこからはじまる「発想としての朗読」という考え方。つまり、活字のテクストに含ませる呼吸というものが、『キリンの立ち方』のあとがきで強調された「笑い」とかさなって、秋山作品のテクストの生命をつくっている。

5　一九八〇年代後半。あのへんで、ひとつ動いたなと思う。個人的なことを言うと、体の不調に陥ったわたしは、そこまでの、自分の思い上がりを、少なくとも半分くらいに押さえ込まないといけないと思った。自分ひとりが反省するのもおもしろくないから、詩にも、「知」にも、そうしろと言いたくなった。秋山さんも寄稿していた雑誌「防虫ダンス」（加藤健次編集・発行）に、わたしは書きまくった。だれの思い上がりを問題にするにせよ、突っ込みどころがいろんなふうに見えてきたのだ。そのあと、世界史的に大きな動きがおこる。一九六〇年代からの美学と倫理の「理由」のほとんどが崩れ、もう何もしなくてもいいし、何をしてもいいという宙吊り状態の、奇妙な解放感のなかで、秋山さんの背中がまるで「最後の理由」のように見えていた。

6　「いわゆる比喩のない詩集」とされる『窓』（れんが書房新社）は、一九八八年に出た。読み返すたびに、わたしの感じていた時代的な気分がよみがえってくる。日記のような書き方で、主語の「わたし」がない。きのうは、どうだったか。何をしたか。話者は、きのうは外に出て動き、きょう、そのきのうのことを窓のある場所で書いている。きょうのことも書く。きょうも、夜が来る。そこまでを書く。ぎりぎりに切りつめて、これだけのことを言う。とりあえず、比喩を使った知的な表現の思い上がりからどれだけ遠ざかることができるか。それが、第一の課題であったにちがいない。ひとりの孤独な男が浮かびあがってくる。さびしさと疲労に直面しながら、ただ生きている。彼のすることと、たとえば吉岡実の「僧侶」の僧侶たちのすることの、どちらがおもしろいか。実はいい勝負ではないかとわたしは思うが、とにかく、きのうがあって、きょうがあるというくりかえし。そこには、分析も、構築も、主張もない。ここまで来たという到達感（あるいは、その裏返しの後退感）があるだけだ。きのうの記憶をもって、きょうのなかに閉じ込められている。そういう、いわば生涯の集約のような全体。それがくりかえされる。そこに窓があって、外にあるものが見えたり、風が入ってきたりする。十三篇の「窓」。その最後の最後は、〈ポプラのざわめきが／やんでいる／誰もこない〉である。日記がそのまま遺書になっていると言われてもおかしくない。窓のあることがどう救いになるのか。ただ、外との連絡を封じていないというだけだ。秋山さんにとっては、これも「四十パーセントの絶望」というようなものだろうか。あえて引きよせた停滞と死の予感。しかし、このあとも、生きるのだ。どこかへミングウェイ的なものを思い起こさせるこのさびしさと疲労感が誘っているものに抗して。

7　さびしさと疲労感は、四行詩を集めた『桜の枝に』（ブロス、一九九二年）をも色濃くおおっている。ライヴァルは谷川俊太郎しかいないだろうと言いたくなるほどの技巧の冴えも感じさせる。言葉に負荷をかけるのではなく、場面の選択、切り取り、構成によって、詩を生みだす。その意味でも、また、一篇一篇が全体であり、それらが合わさってまた大きな全体をつくっているというつくり方でも、これこそが秋山さんの詩集の決定版かもしれない。とにかく四行で言い切る。作品が成立すると同時に見事に終わる。そのあっけなさの奥に大きく広がる全体がある。『窓』についても同じように言うべきだったかもしれないが、作品から作品へとくりかえされる完結感の連続のなかに、完結していない生存が確かめられていると思う。終わっても、終わっても、まだ終わっていない。わたしたちの生はそういうふうにつづく。さびしいし、もう疲れたと思いながら、次のページに向かわなくてはならないのである。中が入れ子型になっている巨大な物語Nを、閉ざされた迷宮とするのではなく、どこまでも未知の窓を残している宇宙として歩く。そういう思考がここにはある。〈見るならすべてを見たい／聞くならすべてを聞きたい／わたしは神様みたいに欲ばりだ／夕焼けくらいのうそもつくのだ〉という詩人。その欲望。それが終わらないのだ。

8　秋山さんは、一九九一年の短いエッセイ「戦後詩・思い出すまま」で、〈鮎川信夫の「アメリカ」は入沢康夫の「わが出雲・わが鎮魂」にアイデンティティの問題を抱え込みつつつながる。このラインは重要だ〉と書いている。そう言いながら、鮎川信夫の「比喩」にも入沢康夫の「構造」にも、異議あり、だったはずだ。たとえば、そのラインに対して、どういう位置をとるか。「戦後詩・思い出すまま」は、堀川正美、岩田宏、飯島耕一、谷川俊太郎、片桐ユズル、鈴木志郎康、天沢退二郎についても、鋭い共感的洞察を簡潔に示している。秋山さんの構想は、まともさと意外性を独特に入りくませるが、その出所をさぐるとしたら、戦後詩の歩みとそれが踏みのこした領域がよく見える位置から考えるということが第一にあるだろう。さらに、もっと古い時代にさかのぼったところからの、日本の口語自由詩の展開。それも見えている。いわば詩人たちの「苦悩」が取り逃がしてきた「生活」から言葉を動員する。それがもうひとつのモティーフだ。そこでなにかコツをつかんだ、あるいは見抜いてしまったという感じで、秋山さんのコンセプト詩集の冒険はつづく。苦悩しない。こざかしい細工もいらない。書けるように書く。(あえて主語を言うなら、わたしたちの詩が)何度も死んでよみがえった先に手に入れた、効率のよさだ。

9　散文詩形で夢の記述を試みた『二重予約の旅』は、ある意味で同時代のひとつの傾向にパロディ的に接近しながら、実は「とにかく書く」秋山さんのエッセイスト的な本領が発揮されている。漢字二字の語を組み合わせた「AのB」という作品題も、内容としての、異界や超現実への飛躍も、わざと重たそうにつくりながら、実は奇妙に「思考」の余裕がある。見知らぬ土地に踏み込み、恐ろしい思いをするという悪夢物語のパターンに、呼吸と笑いをあたえたいのだ。浮かびあがるのは、自己批評をたっぷりとふくみながら、語ることへの欲望を全開にしている秋山さんの自画像にほかならない。タイトルの「二重予約」への説明がない。ダブル・ブッキング。わたしの勝手な解釈では、この場合、この旅ができる可能性は半分しかない、あるいは自分ではなく他の人間がこの旅を生きるかもしれない、というように、その個人的な夢へと他者を招いている。

10　詩集『十三人』(思潮社、二〇〇〇年)は、この社会のドキュメンタリーをつくるように、さまざまな職種の、十三人の「普通の人」が語る。『窓』におかれた十三の「窓」が、今度は職業と声をもつ十三人になって全体をつくろうとしている。どの語りも、最後は「あなた」に呼びかける。みんな、しんどいところで生きている。詩から小説へと移行した富岡多恵子の短篇集『当世凡人伝』に対抗するような、詩の、それもあくまでも行分け詩にこだわったチャレンジ。営業部員やトラック運転手や船員の声を、詩に持ち込んだのである。しかし、そういうまじめな意図よりも、実は秋山さんがこの十三人を演じている、みんな秋山さんだ、というおもしろさの方が勝っている気もする。一方に社会という全体を意識しながら、自分という宇宙を確かめる。『二重予約の旅』の、無意識の奥へとむかう旅がつづいているのだ。

11　そして、『家庭生活』の冒頭のパートが「＊（生活感がない）」であり、そこに〈Tシャツ、チノパン、白いズック靴、そんな格好で海辺のドライブからいま帰ってきた。／そんな感じだ／ズック靴には星のマークがついていたりして／夏になると／日が沈むころによくいるおやじだ〉という「おやじ」が登場したとき、わたしは思わず拍手を送った。なんと無雑作そうに、しかも苦いユーモアを湛えながら、（むきだしの、それでいて象徴的な）現実が、作品に入ってくるのだろう。秋山さんの生きた時間。それは、口語自由詩、戦後詩、そして戦後詩以後の時代であるとともに、日本人がしぶとく生き抜いた時代であった。人が生きていること、それ以外に表現の根拠はない。まず、そのことが確かめられる。そして、ひとりひとりの生存の、歴史を背負ったシステムのなかでの、いわば図々しさから苦しみまでの起伏から、カタログ的に動員した言葉で、全体をつくろうとしている。その全体がついに巨大な物語Nになることはないとしても、秋山さんは、あきらめない。「編集のためのメモ」と「あとがき」の報告と考察は、目的を遂行できない「途上」にあることをボルヘス的に楽しんでもいる。つまり、何ひとつあきらめていない。

12　反抒情を徹底させて、元ネタありのもうひとつの現実へと存在の輪郭を溶かすように「わたし」へのゲームを仕掛けている詩集『オカルト』（思潮社、二〇〇七年）の一篇「緑青」は、〈おれはもう夢の中にも住めない〉

が最後の言葉だ。世界は現実と夢からできていて、きびしい現実から追いだされ、そして夢のなかにもいられなくなった、ということだろうが、しかし、そもそも、秋山さんの出発の言葉も、そうだったと思うのだ。その声も、笑いも、「とにかく書く」という態度も、構想力も、なにかの半分であるような夢のなかで遊ぶためのものではない。

13 秋山さんからの連絡は、葉書で来る。ほぼ用件のみで、字は乱暴である。

声の越境
――秋山基夫の詩の世界

添田 馨

詩とは、なにより自ずから溢れ出すものの謂いである。書かれた文字やテキスト形式のものを指して、私たちはそれを習慣的に詩と呼ぶことはあるが、実際に一度でも詩を書いたことがある人なら、すでに書かれた詩を読むよりも、自分で詩を書いているあいだの濃密な時間のほうが、はるかに能動的でわくわくできることを知っている。詩にかぎらず文学表現のすべての場面において、その理想の状態とは自分がこの溢れ出るものにどっぷりと浸かり、日常の時間そのものをこのはるかに能動的でわくわくする時間のうちへと越境させてしまうことにあるだろう。この高揚した意識状態には、残念ながら誰でもが到達できるというわけではない。表現者のみが知りうる、この溢れ出るものと現実の生活時間との高次の競合こそが、およそ詩においても最高のパワーの源を提供し続けていることを、秋山基夫の詩を読み進んでいくなかで、私はたしかに再認できる気がしたのだった。

詩の自立だと？
ばかたれな！
詩が床の間のツボのように自立したことがあったか
詩をもって朗読会にいけえ
ふるえる手でページをひらき足をふるわして自分の詩
　をよめ
あんたの詩がいかにあんたにおんぶされているかわか
れ
あんたの詩があんたのひとりごとであろうともそれは
　あんたに背負われて家に帰るほかはなかろう
（「プロパガンダの詩のためのプロパガンダの詩」より、詩
　集『カタログ・現物』所収）

六〇年代後半から七〇後半にかけての時期、秋山が活字の詩を発表せず、もっぱらオーラルな発表形態でのみ、それをよく為したということには、みずからの作品の文字に定着されていない部分を、ゆずれぬ詩作原理として

つなぎ止めている強固なモチーフが必ずあったはずだ。私は、それが文学の理想の状態、すなわち自らの生活時間への詩の側からする全面的な越境ということへの希求にあったからではなかったか、という思いを強くする。

詩人検察官閣下　閣下におかせられては秩序のねどこ
　で安らかに眠りんちゃい
ニホン語よおまえの乱れこそおまえの姿だ
ニホン語よおまえの乱れこそおまえのもともとの姿だ
ニホン語よおまえの乱れこそおまえのもともとのうつ
　くしい姿だ
ニホン語よおまえの乱れこそおまえのもともとのうつ
　くも悩ましい姿だ
ニホン語よニホン語よニホン語よニホン語よニホン語よ
あなたは乱れとってええんじゃ
（「ニホン語は乱れているのがそれでいいのだうつくしいの
　だという題にしておくか」より、同前）

例えばこの作品には、様々なテーマが登場しては消え、

登場しては消え、意図的な誤表記やことに発声の音価からするいわゆる正しい日本語表現への違和が至る所で表明されてはいるものの、言語規範の破壊の実践が作品を成り立たせているわけでは決してない。もともとこの作品は、朗読するために作られ、何度も朗読されるたびにテキストは変更されて、現在のものが最終形ということらしい。だとするならば、この作品の本質は、つまるところ朗読の現場すなわち声が競合しあう場所でのみ本当は開示されうるもののはずである。そのような性質の作品を、こうして活字で読むことには、そこに私たちの詩に対するどのような経験が塗りこまれていくと考えられるのか。

意識が励起した状態は、無論、永続するわけではないが、作品の時間が有限性のなかに詩的なものの普遍的な実質を開示するただひとつの媒体であることを考えれば、創作の軸足を文字による記述から声による発語にスライドさせ、そこでより直接的な時間性の喚起が志向されたとしても、それは頷ける逸脱だ。その場合、発語の根源において作者が繰り返し回帰しては、またぞろそこを拠点に出撃を繰り返すところの原理には、一体どのようなファクターが想定されるだろう。

ありきたりな結論になるかもしれないが、作者がここで無意識にも志向しつつ、同時に依拠しようとしているのは、他ならぬ自分自身の生命力そのものではないのだろうか。オーラルな詩表現が、書かれた作品より、もっと直接的にその声を聴き、その呼吸の運びに触れ、発声の調子や顔の表情までをもみずからの作品時間の〝富〟として、聴衆と共有したいと願うのは、文学の理想状態をひとたび体得した者であれば、当然の希求ではある。ビートニクの本質が、私はそのような箇所にもあるような気がしてならないのである。

とまれ、朗読の時間性を、そのまま黙読の時間性に置き換えて批評することには、あまり成果は期待できない。しかし、筆者には朗読の時間と黙読の時間とを截然ときり分けて、それを詩作品の評価のベースに置くのも危険なことに思える。当然ながら、単なるアジテーションと、朗読される詩作品との違いは厳然として存在するからだ。朗読される詩も黙読される詩も、かならず深い部分では繋がりあっているはずだろう。事実、私は秋山のこれらの作品を、つまりはその活字の姿を目で追いながら、大笑いしてしまったことを白状しよう。朗読でほんとうに人を楽しませることのできた作品には、このように黙読しても十分に読む者を楽しませるエネルギッシュな力が宿る。声と文字との深淵さえも虹のように架橋してやまないのが、秋山の詩がもつ言葉の強靱な力の一端なのだ。

誰もこない
パンがひとときれ
天窓からさす光の中にある

光がうすらぎ
もうすぐ
窓から夜の中に入っていく

（「窓XI」より、詩集『窓』所収）

そんなビートニクを地でいくような秋山に、私はこの『窓』のような、このうえなく静謐な抒情性を湛えた詩集があることにハッとさせられる。秋山の一連の詩の底部を、地下水脈のように流れているのは実は声の競合とはまったく対極の、こうした沈黙の響きによるポエジーの原質だったことに、私は新鮮な驚きを禁じえない。秋山の詩に一筋縄ではいかない懐の深さをもたらしているのも、詩意識におけるこの本源の二重性なのではないかと思うのだ。

詩集『家庭生活』は、さらに秋山の詩の新たな局面を示すものとして、私にはことのほか重要な一冊と映る。声と筆記という詩作過程の双面から、言葉は一気に空間性を獲得し、みずからの生活意識を基点に近代以降の時代性を縮約したようないくつもの断片を、非人称の物語ライターの言葉のようにつむぎ出すことによって、まぎれもなく表現の全体性と呼べるものへアクセスする通路を切り開いたように見えるからだ。

かくて、〈都計〉実施後の都市にあっては、道路はおおむねまっすぐとなり、互いに直角に交差し、一応整然たる外観をもつこととなった。行き止まり通路やぐるぐる道などをたどる迷路的散歩、重層化する時間の楽しみは失われた。歩道を有する幹線道路にあっては、街路樹さえ整然と植えられ、季節毎に植木屋が入って剪定などをおこなっている。（各自治体の植木屋の選定はどうなっているか。）

（「（＊道路に立って、空に目をあげ、感嘆する。）」より）

作者も巻末の編集メモで、「……人は常に世界についてしか語れないのだ。しかも、世界は常に語られたことより大きい。語ることは語り続けることだ。」と述べている。まさにその通りなのだろう。詩の朗読における声が生命そのものの隠喩を構成するならば、それの記述は生命の時間的側面の隠喩をなすだろう。同様に「世界について」語ることは、その空間的広がりの無限定さを有限な生命時間の文法で語ろうとすることと別ではない。

語りは、生き物である。語りは、命ある者であれば誰でもが持っている意志の、研ぎ澄まされた発露である。秋山において、それは時として詩集『二重予約の旅』のような夢の記述にかぎりなく至近する文体を生み出し、また詩集『十三人』のように直接話法のみで成り立つ仮構の文体までをも生み出すに至る。そして、それらは技巧に走るのではなく、それぞれの深層部分に、必ずあの地下水脈のような生きたポエジー、すなわち越境する声によってしっかりと摑み取られた文学の理想状態の余韻をすべからく内在させて、私たちの前に立ち現れるのだ。その意味で、秋山基夫ほど、詩作品における語りの自在さを、朗読においても筆記においても縦横に展開できた詩人はいないのではないだろうか。

およそこうした視点に立つとき、秋山の詩の言葉の回帰するのが、つねに生命活動の現場たる生きた日常性の側である理由も、なるほど頷ける。現代詩の表現手法のほとんどの領域をカバーしながら、それでいてなおもしなやかに変化してやまないその詩業は、こういってよければ溢れるものとしての生命の力を最もよく言葉の内部に装塡しつづけることで、今もこの世界への詩の越境を虎視眈々と企図しているのである。

Gendaishi Bunko

現代詩文庫 193 秋山基夫

発行・二〇一一年六月二十日 初版第一刷

著者・秋山基夫

発行者・小田啓之

発行者・株式会社思潮社

〒162-0842 東京都新宿区市谷砂土原町三-十五

電話〇三（三二六七）八一五三（営業）八一四一（編集）八一四二（ＦＡＸ）

印刷・三報社印刷株式会社

製本・株式会社川島製本所

ISBN978-4-7837-0970-1 C0392

現代詩文庫　第Ⅰ期

①田村隆一
②谷川雁
③岩田宏
④山本太郎
⑤清岡卓行
⑥黒田三郎
⑦黒田喜夫
⑧吉本隆明
⑨鮎川信夫
⑩飯島耕一
⑪天沢退二郎
⑫吉野弘
⑬長田弘
⑭吉岡実
⑮富岡多恵子
⑯那珂太郎
⑰安西均
⑱長谷川龍生
⑲高橋睦郎
⑳茨木のり子
㉑安水稔和
㉒鈴木志郎康
㉓生野幸吉
㉔大岡信
㉕関根弘
㉖石原吉郎
㉗谷川俊太郎
㉘白石かずこ
㉙堀川正美
㉚岡田隆彦
㉛入沢康夫
㉜片桐ユズル
㉝川崎洋
㉞金井直
㉟渡辺武信
㊱安東次男
㊲三好豊一郎
㊳中桐雅夫
㊴中江俊夫
㊵高野喜久雄
㊶吉増剛造
㊷渋沢孝輔
㊸高良留美子
㊹三木卓
㊺加藤郁乎
㊻石垣りん
㊼木原孝一
㊽北川透
㊾菅原克己
㊿多田智満子
(51)鷲巣繁男
(52)寺山修司
(53)木島始
(54)清水昶
(55)金井美恵子
(56)吉原幸子
(57)藤富保男
(58)岩成達也
(59)井上光晴
(60)会田綱雄
(61)北村太郎
(62)窪田般彌
(63)辻井喬
(64)新川和江
(65)吉行理恵
(66)中井英夫
(67)粕谷栄市
(68)清水哲男
(69)山本道子
(70)宗左近
(71)中村稔
(72)粒来哲蔵
(73)諏訪優
(74)続飯島耕一
(75)荒川洋治
(76)佐々木幹郎
(77)正津勉
(78)辻征夫
(79)安藤元雄
(80)藤井貞和
(81)大野新
(82)犬塚堯
(83)小長谷清実
(84)江森國友
(85)天野忠
(86)嶋岡晨
(87)阿部岩夫
(88)関口篤
(89)衣更着信
(90)ねじめ正一
(91)菅谷規矩雄
(92)井坂洋子
(93)片岡文雄
(94)伊藤比呂美
(95)新藤凉子
(96)青木はるみ
(97)中村真一郎
(98)嵯峨信之
(99)稲川方人
(100)平出隆
(101)松浦寿輝
(102)朝吹亮二
(103)続荒川洋治
(104)続藤井貞和
(105)続寺山修司
(106)吉田文憲
(107)瀬尾育生
(108)続谷川俊太郎
(109)続続谷川俊太郎
(110)続田村隆一
(111)続続田村隆一
(112)続天沢退二郎
(113)続続天沢退二郎
(114)新井豊美
(115)続吉増剛造
(116)続続吉増剛造
(117)続鮎川信夫
(118)続北村太郎
(119)続吉野弘
(120)続石原吉郎
(121)続鈴木志郎康
(122)川田絢音
(123)続続吉野弘
(124)続北川透
(125)続白石かずこ
(126)続清岡卓行
(127)続宗左近
(128)牟礼慶子
(129)続吉岡実
(130)続辻井喬
(131)続大岡信
(132)続新川和江
(133)続川崎洋
(134)続清水昶
(135)続高橋睦郎
(136)続長谷川龍生
(137)続中村稔
(138)八木忠栄
(139)続佐々木幹郎
(140)城戸朱理
(141)野村喜和夫
(142)平林敏彦
(143)続渋沢孝輔
(144)続那珂太郎
(145)財部鳥子
(146)続長田弘
(147)吉田加南子
(148)続清水哲男
(149)辻仁成
(150)木坂涼
(151)田中清光
(152)阿部弘一
(153)続続大岡信
(154)続続鮎川信夫
(155)続辻征夫
(156)福間健二
(157)守中高明
(158)平田俊子
(159)村上昭夫
(160)広部英一
(161)白石公子
(162)鈴木漠
(163)高橋順子
(164)池井昌樹
(165)続続清岡卓行
(166)倉橋健一　坪内稔典／松原新一他
(167)高貝弘也　吉岡実／新井豊美他
(168)御庄博実　長谷川龍生／北川透他
(169)続吉原幸子　大岡信／多田智満子
(170)井川博年　川本三郎／八木幹夫他
(171)加島祥造　原満三寿／池崇一他
(172)続続吉原幸子　谷川俊太郎／新川和江他
(173)続粕谷栄市　横木徳久／野村喜和夫他
(174)小池昌代　飯島耕一／井坂洋子他
(175)征矢泰子　新川和江／新井豊美他
(176)八木幹夫　小沢信男／新倉俊一他
(177)続入沢康夫　野村喜和夫／田野倉康一他
(178)岩佐なを　城戸朱理／矢川澄子他
(179)四元康祐　栩木伸明／谷川俊太郎他
(180)山本哲也　吉野弘／北川透他
(181)続続辻征夫　清岡卓行／高橋源一郎他
(182)友部正人　谷川俊太郎／宮沢章夫他
(183)河津聖恵　新井豊美／瀬尾育生他
(184)星野徹　笠井嗣夫／武子和幸他
(185)山崎るり子　三浦雅士／井坂洋子他
(186)続渡辺武信　松本隆／荒井晴彦
(187)最匠展子　金子光晴／長谷川龍生他
(188)続安藤元雄　飯島耕一／新井豊美他
(189)続井坂洋子　室井光広／蜂飼耳他
(190)高岡修　富岡幸一郎／北川透他
(191)続伊藤比呂美　四元康祐／新井高子他
(192)川上明日夫　広部英一／長谷川龍生
(193)秋山基夫　片桐ユズル／福間健二

＊人名（明朝）は作品論／詩人論の筆者